THE QUEEN OF CRIME
繁體中文版
20週年
紀念珍藏

無盡的夜

著——阿嘉莎·克莉絲蒂
譯——郝彩虹、汪海泳、張錦、李杰

Endless Night

Agatha Christie®

策畫者的話

通俗是一種功力

吳念真（導演、作家）

通俗是一種功力。絕對自覺的通俗更是一種絕對的功力。

這樣的話從我這種俗氣的人的嘴巴說出來，大概很多人要笑破褲底了。不過，笑完之後請容我稍稍申訴。這申訴說得或許會比較長一點，以及，通俗一點。

小時候身材很爛，各種遊戲競爭完全任人宰割，唯一隱遁逃避的方法是躲起來看書或聽大人瞎掰。那年頭窮鄉僻壤的小孩能看的書不多，小學二年級時最喜歡的是超大本的《文壇》，老師借的。看著看著，某天老師發現我的造句竟出現：「捧著：朝陽捧著一臉笑顏為群山剪綵」這樣亂七八糟的文字，就拒絕再讓我看那些超齡的東西了。

老師的書不給看，我開始抓大人的書看。一種是厚得跟磚塊一樣的日文書，對我來說那完全是天書，但插圖好看，經常有限制級的素描。另一種書是比較薄的，通常藏得很嚴密，只是裡面有太多專有名詞、重複的單字和毫無限制的標點，比如「啊啊啊」、「……！！！」

老讓我百思不解。有一天，充滿求知欲地詢問大人竟然換來一巴掌後，那種閱讀的機會和樂趣也隨著消失了。

所幸這些閱讀的失落感，很快從大人的龍門陣中重新得到養分。講到這裡，我似乎先得跟一個村中長輩游條春先生致敬，並願他在天之靈安息。

我所成長的礦區，幾乎全是為著黃金而從四面八方擁至的冒險型人物，每人幾乎都有一段異於常人的傳奇故事。這些故事當事人說來未必精采，但一透過游條春先生的嘴巴重現，有時連當事人都聽得忘我，甚至涕泗縱橫，彷彿聽的是別人的故事。

條春伯沒當過日本兵，可是他可以綜合一堆台籍日本兵的遭遇，一如連續劇般從入伍、受訓、逃亡荒島，面對同鄉同袍的死亡，並取下他們的骨骸寄望帶回故鄉，乃至骨骸過多搞不清哪是誰的等等，讓聽的人完全隨他的敘述或悲或笑，彷彿跟他一起打了一場太平洋戰爭。此外他也可以把新聞事件說得讓一個三、四年級的小孩，到現在仍記得當時腦中被觸動的畫面。例如當年瑠公圳分屍案的凶手做案之後帶著小孩到安東街吃麵（這讓我一直以為台北的安東街是條專門賣麵的街道），還有甘迺迪總統被暗殺、賈桂琳抱住她先生、安全人員跳上飛快的車子保護賈桂琳……當然，這記憶全來自條春伯的嘴巴而不是報紙。我的記憶全是畫面，有畫面，是因為條春伯說得精采，說得有如親臨他至死都還搞不清地理位置的達拉斯命案現場。

於是這小孩長大後無條件地相信：通俗是一種功力，絕對自覺的通俗更是一種絕對的功力。透過那樣自覺的通俗傳播，即使連大字都不識一個的人，都能得到和高階閱讀者一樣的感動、快樂、共鳴，和所謂的知識、文化自然順暢的接軌。也許就是因為這些活生生的例子，俗氣的自己始終相信：講理念容易講故事難，講人人皆懂、皆能入迷的故事更難，而能隨時把這樣的故事講個不停的人，絕對值得立碑立傳。

條春伯嚴格地說是有自覺的轉述者，至於創作者，我的心目中有兩個。一個是日本導演山田洋次，一個是推理小說家阿嘉莎·克莉絲蒂。

山田洋次創造了寅次郎這個集合所有男人優點跟缺點的角色，在以《男人真命苦》為名的系列下，總共完成百部左右的電影。它們的敘述風格、開頭、結尾的方法不變，唯一改變的是故事，是時代，是遍歷日本小鄉小鎮的場景。數十年來，看《男人真命苦》幾已成為日本人每年的一種儀式，一如新春的神社參拜。

數十年前訪問過山田導演，他說，當他發現電影已然有它被期待的性格時，電影已經不是導演自己的。他說：當所有人都感動於美人魚的歌聲時，你願意為了讓她擁有跟你一樣的腳，而讓她失去人間少有的嗓音嗎？

人間少有的嗓音與動人的歌聲，都來自山田導演絕對自覺的通俗創造。

再如阿嘉莎·克莉絲蒂，如果我們光拿出她說過的故事和聽過她故事的人口數字，就足以嚇死你。五十多年的寫作生涯，她總共寫出六十六本長篇推理小說，外加一百多篇短篇小說和劇本。其中有二十六本推理小說被改編，拍了四十多部電影和電視劇集。作品被翻譯成一百零三種文字的版本，銷量超過二十億本。

夠了。你還想知道什麼？知道二十億本的意義是什麼嗎？二十億本的意義是全世界平均三個人就有一個人讀過她的書，聽過她說的故事。

說來巧合，她和山田洋次一樣，創造出個性鮮明的固定主角（當然，前前後後她弄出來好幾個），然後由他（或是她）帶引我們走進一個犯罪現場，追尋真正的罪犯。

故事就這樣？沒錯，應該說這是通常的架構。那你要我看什麼？不急，真的不急，克莉絲蒂會慢慢冒出一堆足夠讓你疑惑、驚嚇、意外，甚至滿足你的想像力、考驗你的耐心和智商的事件來。

推理小說不都是這樣嗎？你說得沒錯，大部分是這樣，不一樣的是……對了，她像條春伯，像山田洋次，她真會說，而且她用文字說。

文字的敘述可以讓全世界幾代的人「聽」得過癮、「聽」個不停，除了聖經，也許就是克莉絲蒂。她不是神，但她真的夠神。

數十年前，台灣剛剛出現她的推理系列中譯本，那時是我結婚前，常有同齡的文藝青年來我租住的地方借宿，瞄到我在看克莉絲蒂，表情詭異地說：「啊？你在看三毛促銷的這個喔？」

我只記得他抓了一本進廁所，清晨四點多，他敲開我的房門說：「幹，我實在很討厭那個白羅……再拿一本來看看，我跟你說真的，要不是你的書，我真的很想把那個矮儸壓到馬桶吃屎！」

我知道他毀了，愛吃又假客氣，撐著尊嚴騙自己。克莉絲蒂再度優雅地撕破一個高貴的知識份子的假面具，她的手法簡單，那手法叫通俗，絕對自覺的通俗，無與倫比、無法招架的功力。

昔日的文藝青年如今跟我一樣，已然老去，但不時還會看到他寫一些充滿理念和使命感極重的文章，在報紙和雜誌上出現。我知道他要說什麼，只是常常疑惑他想跟誰說；同樣，我記得他說過什麼，但轉眼間忘記他說了什麼。但請原諒我，幾十年前那個晚上，他在我家看完的那兩本克莉絲蒂的小說內容，我可還記得清清楚楚。

也許有一天再遇到他的時候，我會問他之後是否還看過克莉絲蒂其他的書，如果沒有，我會跟他說，想讀要趁早，因為你會老、會來不及。至於白羅那個矮儸，大概永遠不會消失。哦，對了，還有一個叫瑪波，你說不定會來不及認識……

從他種視角到跨界嘗試的閱讀體驗

路那（推理評論家）

說到阿嘉莎．克莉絲蒂，即使是不太常閱讀推理小說的讀者，也很難不聯想到有個完美鬍子的偵探白羅、老小姐瑪波，又或者是她享譽國際的《東方快車謀殺案》、《一個都不留》等名著吧。

克莉絲蒂的廣受歡迎，還在於台灣近乎出版了她的全集。儘管台灣的出版能量相當驚人，但放眼國內外作家，有此殊榮者也在少數。這些作品中，除了廣受歡迎的系列作外，另有數量相對較少的獨立作品。這些作品或受累於知名度不高，或受累於缺乏讀者熟悉的偵探角色，而較少進入讀者的視野之中，然而，這不表示它們本身不值得一讀。

在這裡，我要先岔出去談一下柯南．道爾（Conan Doyle）與莫里斯．盧布朗（Maurice Leblanc）。這兩位除了同樣大受歡迎之外，他們其實也同受被角色綁架之苦——柯南．道爾一心想當個嚴肅作者，為此不惜「殺害」福爾摩斯，卻又在大眾壓力之下不得不讓他神奇地死而復生的事件，相信大家都耳熟能詳。然而，或許不是很多人知道，創造了亞森．羅蘋此一大受歡迎怪盜角色的盧布朗，最終也因羅蘋大受歡迎，且擅長易容的形象深植人心，導致他不得不將新偵探角色吉姆．巴內特（Jim Barnett）降級為羅蘋的分身。與道爾交好的克莉絲蒂，自然理解箇中艱辛，或許也因此早早意識到她不能再重蹈覆轍，是以她不僅致力於故事的創造，同樣致力於角色性格的劃分。但此事並非一蹴可幾。舉例而言，短篇小說〈情牽波倫沙〉的偵探，發表時由帕克．潘擔任偵探角色，稍後又更替為白羅一事，即讓人意識到帕克．潘與白羅之間的共性：相同的公務員退休身分、同樣與偵探小說家奧利薇夫人為好友，帕克．潘的祕書萊蒙小姐日後成為白羅的祕書等，種種線索都暗示著帕克．潘與白羅可能享有的共同根源。然而，是什麼讓帕克．潘沒有被白羅「吸收」，一如巴內特與羅蘋？閱讀《帕克潘調查簿》與收錄於《情牽波倫沙》的兩個短篇時，不妨仔細考察白羅與帕克．潘的不同之處。

除了角色外，故事情節的他種視角乃至於跨界嘗試，也是非系列作品的一大看點。《李斯特岱奇案》、《死亡之犬》、《殘光夜影》等短篇小說集中收錄的作品，有之後遭改頭換面的靈感之作，也有溢出推理小說規制，蔓延至靈異、恐怖、言情等領域之作。它們的開頭，與我們習慣的克莉絲蒂推理小說似無甚差異，然則在一個十字岔路的輕巧滑脫，卻足以造就全然不同的類型閱讀體驗。

同樣的體驗，在非系列長篇小說中亦可一見。不用系列角色，意味著不須遵守類型既定的規範，或受限於角色既有的設定，遂得以更加無拘無束的形式自在揮灑。眾所周知，克莉絲蒂絕非信奉范・達因（S. S. Van Dine）「故事中不能摻有戀愛成分」戒律的一人，相反地，她頗擅長於小說中加入情感元素。她筆下的系列偵探，無論白羅或瑪波，自身均不涉浪漫情感，而多以神仙教父／教母的姿態從旁協助，從而使小說中的推理情節與羅曼史主次分明，僅為點綴。但她筆下這些聰慧的男女，是否始終只能作為系列偵探的配角存在？對此，克莉絲蒂的回答是，許多時候，擺脫了神仙教父／教母的他們，會顯現出更令人矚目的風采。

另一方面，推理小說的大體布局，從謎團初現、偵查過程到真相大白，與羅曼史主角們從陌生到相知到決定是否相守，也自有其契合之處。是以，在克莉絲蒂的非系列作品中，有不少長篇故事均以處於曖昧狀態的男女作為偵查或敘事主體，如《西塔佛祕案》、《為什麼不找伊文斯？》、《死亡終有時》與《白馬酒館》等。其中的情感除了經典的兩情相悅外，亦存在著無私的奉獻，與狡獪的以情感作為武器等多種樣態。

克莉絲蒂同樣擅長以三角關係作為障眼法，從角色間的誤會到敘事手法的誤導等，在在能使讀者以為掌握了十之八九的關係圖，瞬間翻出別樣花色。《無盡的夜》保留了克莉絲蒂時常描繪的羅曼關係，卻撤去了推理小說的型態，改以令人聯想到達芬・杜莫里哀（Daphne du Maurier）的奇情（sensation）風格，確實令人耳目一新，難怪克莉絲蒂會將之選為十大最愛之七。而其自選最愛第八的《畸屋》，則巧妙地擺脫了傳統推理小說家族敘事中以惡意為基底的設定，別出心裁地講述了謀殺如何發生在一個充滿善意的家族之中。《畸屋》之「畸」，既源於同樣具備扼殺力量的善意，也源於天生之惡——克莉絲蒂對善與惡之觀點，由是鋪陳出了一個頗為耐人尋味的視角。

一般而言，以克莉絲蒂為首的黃金時期推理小說家的作品，不太會令人聯想到國際政治、社會情勢等，感覺起來就「硬邦邦」，一點也不「舒逸」（cozy）的事物。它應該是以鄉村、大飯店、（前）殖民地為核心，間或夾雜一兩句讀者也不甚在意的時局觀察以加固背景的狀態。但克莉絲蒂出生於一八九〇年，生平歷經奧匈帝國與俄羅斯帝國的崩潰、兩次世界大戰、經濟大恐慌等，樁樁件件都是近代歷史難以抹滅的大事件，她可能當真無動於衷嗎？是以，早在一九二七年，克莉絲蒂便以白羅為主角，寫出諜報小說《四大天王》，其後更塑造出湯米與陶品絲這對橫跨二次世界大戰的夫妻檔業餘情報員。然而這對歡喜鴛鴦的氛圍，或許終究難以展現克莉絲蒂對戰後國際形勢演變之思慮。職是之故，她持續創作鴛鴦神探的系列之餘，在他們力所未逮之處，再度啟用了非系列角色，《巴格達風雲》、《未知的旅途》、《法蘭克福機場怪客》均是此類作品，試圖傳遞她在《四大天王》中即已反覆論及的「幕後的力量」。

這個「幕後的力量」又是什麼呢？見識過帝國的崩潰，對於早年的克莉絲蒂來說，共產主義無疑是危險的。在她第二部出版品《隱身魔鬼》中，克莉絲蒂將幕後黑手設定為布爾什維克的信徒。然而，伴隨著一九二四年工黨政府首次執政，克莉絲蒂對相關思潮的憂慮似有緩和態勢，此後，她的小說中偶爾會出現被眾人視為嫌疑犯的左翼同情者最終卻得證清白的情節。

伴隨著二戰結束與冷戰的開啟，許多涉及諜報的故事紛紛以蘇俄作為陰謀主腦。但克莉絲蒂頗具深意地將《巴格達風雲》與《未知的旅途》背後的陰謀組織者拐了彎，不以冷戰雙方作為主使者，而是更廣泛地指向「無政府主義者」、「理想主義者」。這樣的觀點，在以新納粹為主軸的《法蘭克福機場怪客》中亦曾多次表述——但這不是說她就放棄了一些既存觀點。不意外地，赫伯特・馬庫色（Herbert Marcuse）、法蘭茲・法農（Frantz Fanon）這些思想家仍舊不討克莉絲蒂的喜歡。

克莉絲蒂對法農等人的抗拒，與她對大英帝國的忠誠，以及對中東（特別是埃及）的偏愛或許不無關聯。眾所周知，克莉絲蒂於一九三〇年結婚的第二任丈夫是考古學家，她因此與中東和考古結緣。當時，方於一九二二年在名義上脫離英國管治的埃及，是個年輕的新興國家，尚未能擺脫殖民宗主國的影響，克莉絲蒂對埃及乃至於中東的描繪，是以多半本於殖民者的視線而開展。她的背景與經驗，決定了她理解的視角。然則，這並不表示她無意了解該地的歷史淵源——以古埃及為背景的《死亡終有時》正是最好的例證。這部入選英國犯罪作家協會「史上百大犯罪小說」第八十三名的精采作品，向讀者講述的不只是一個關於謀殺的故事，更是千年前定居於此的埃及人究竟如何生活的故事。

在《巴格達風雲》中，有一段主角與主謀對峙時的敘述：「人命無關緊要……這是愛德華的信條。那個用瀝青黏補起來、三千年前的粗陶碗突然無來由地閃現在維多莉亞心頭。那些東西當然要緊。小小的日常用品、待養的家人、構築成一個住家的牆壁，還有一兩件被當作寶貝的財產。」顯而易見，對克莉絲蒂而言，考古文物的珍貴，不在於它們悠久歷史或蘊藏的知識，而在於當代人得以透過它們深刻感受過往人們的生活。正是這樣的感受，構築出對人與生命的尊重。這樣的尊重，正是克莉絲蒂推理小說的基石所在吧！

在娛樂之外，還有許許多多閱讀克莉絲蒂的方式，正如同在知名的偵探系列之外，仍存在著許許多多精采的非系列作品一般。你所看到的克莉絲蒂，又是什麼樣子呢？

獻詞

阿嘉莎・克莉絲蒂是世界讀者最眾，也最廣受喜愛的女作家。
身為克莉絲蒂的孫兒，我相信奶奶會非常樂見這次出版，
因為她極以自己作品中的趣味與娛樂為豪。
歡迎所有喜歡本系列的台灣新讀者參與這場饗宴！

——馬修・培察（Mathew Prichard）

每個夜晚，每個早晨，
有人生來多災多難。
每個早晨，每個夜晚，
有人生來甜蜜溫暖，
有人生來甜蜜溫暖，
有人生來長夜漫漫……

——威廉．布雷克〈純真的八卦〉

第一部

Endless Night

／01

「我的結局就是我的開始。」我常聽到別人引用這句話。這話聽來並無不對，可是它到底是什麼意思？

可曾有過這麼一個地方，你可以指著它說：「一切都始於那一天、那一刻、那個地方，整個故事就這麼巧合地開始了？」

或許，當我注意到喬治和德萊根房屋仲介公司牆上的銷售廣告時，我的故事便已開始。那是一則公告昂貴地產「塔城」的拍賣廣告，不但詳列了畝數、里程、占地面積等資料，還附上高度理想化的塔城外觀圖——可能是它黃金時期的外觀，而那已是八十至一百年前的事了。

我當時正無所事事，沿著金斯頓教區（一個無足輕重的小鄉鎮）的大街閒逛，打發時間，就注意到了那則廣告。為什麼？是命運的鬼使神差？是好運道的垂青？你從哪個角度看都可以。

或者你也可以說，一切都始於我遇到桑托尼克、和他交談的那一刻。即使閉上眼睛，我也看得到他泛紅的臉頰、炯炯發亮的眼眸，還有那一雙有力而敏捷的手迅速繪製出的房屋設計藍圖和構造圖。一棟特別的房子，漂亮的房子。一棟令人渴望擁有的房子！

當我看到這個我過去不敢奢求會擁有的華屋，我對房子（尤其是漂亮房子）的渴望油然而生。桑托尼克會替我建造這樣一棟房子……如果他活得夠久。這是我倆共有的幸福幻想。

在這棟夢想中的房子裡，我將和心愛的女人共同生活，我們就像無聊的童話故事所說：「從此過著幸福快樂的生活」。這一切都是幻想、都是胡言亂語，可是渴望的潮水開始在我心中澎湃。我開始渴望這個我不可能擁有的東西。

或者，如果說這是一個愛情故事——它確實是愛情故事，我發誓——那麼為什麼它不是從我第一眼見到站在吉卜賽莊園樅樹濃蔭下的愛茘開始呢？

吉卜賽莊園。是的，或許我最好從那裡說起。當時一片烏雲遮住了太陽，我帶著微微的寒意轉身離開了廣告招牌，隨意問了一個本地人一個問題。那人正漫不經心地修剪著附近的籬笆。

「這個『塔城』是個什麼樣的房子？」

至今我還看得到那老人古怪的神情。他目光望向別處，口中說道：「我們這裡的人不這麼叫它。那是什麼鬼名字？」他大哼一聲，表示嗤之以鼻。「有人住進那棟屋子而且叫它

『塔城』已經是好多前年的事了。」他又哼了一聲。

我就問他，那麼「他」叫它什麼。他的眼神再次從我身上移開，那張皺紋縱橫的老臉上出現了鄉下人特有的古怪表情——不直視你，而是看著你的肩後或是某個角落，彷彿他們看到一些你沒看到的東西似的。他這才開口說道：「我們這兒叫它『吉卜賽莊園』。」

「為什麼這麼叫它？」我問。

「是因為某個傳說，我記不得了。每個人說法都不一樣，」他接著又說，「反正那個地方常常出意外。」

「你是指車禍？」

「各種意外。這年頭多半是車禍。那地方不乾淨，你知道。」

「噢，」我說，「它既然位於一個難搞的彎道上，我能理解為什麼會有意外發生。」

「村鎮當局豎了一塊警告危險的牌子，可是沒用，一點用也沒有。意外照樣一個接一個發生。」

「為什麼叫吉卜賽莊園？」我問他。

他的眼神再次從我身上飄過，而他的回覆很含糊。

「來自一些傳說吧。他們說這片土地曾經屬於某些吉卜賽人。後來那些吉卜賽人被趕走，於是他們對這片土地下了詛咒。」

我笑了。

「是啊，」他說，「你儘管笑吧，可是有些地方確實被詛咒過，你們這些聰明的城市人是不會懂的。有些地方真的被詛咒過，這地方就是。採石場的人把石頭挖出來蓋房子，突然就死了。有天晚上老喬迪跌倒在石稜上，也摔斷了脖子。」

「是不是喝醉了？」我暗示道。

「有可能。他貪杯，確實如此。可是很多人喝醉酒摔倒，而且摔得很嚴重，都沒像他這樣一跌不起。而喬迪偏偏摔斷了脖子。就在那兒，」他指著他身後松林覆蓋的山丘。「吉卜賽莊園。」

沒錯，我想事情就是這樣開頭的。這倒不是說我當時就注意到它。我只是正好記得，如此而已。我想——我是很認真地想——它當時就在我的腦海中留下了一點印記。不知道是之前或之後，我又問，這附近是不是仍有吉卜賽人。他說現在不管在哪裡，吉卜賽人都不多了，警察老是把他們趕來趕去的。

我問：「為什麼大家都不喜歡吉卜賽人？」

「他們愛偷東西！」他說，語氣頗不以為然。接著又緊盯著我看。「你該不會正好有吉卜賽血統吧？」他一面說，一面瞪著我。

我說，就我所知是沒有。沒錯，我長得的確有點像吉卜賽人。或許這就是吉卜賽莊園這個名字令我著迷的原因。我站在那裡對他報以微笑，表面上被這段對話逗得很樂，心裡卻想，說不定我真的有點吉卜賽血統。

吉卜賽莊園。我沿著那條通往村外的曲折小路蜿蜒而上，穿過濃蔭的樹林，最後來到山頂。站在這裡，我可以看到遠方的大海和帆船。好美的風景。我於是想到，如果吉卜賽莊園屬於我，不知道有多好。如此而已，這只是個荒謬的念頭。當我再度經過修剪籬笆的老人身旁，他說：「如果你想看吉卜賽人，李老太婆就是一個。少校給了她一間小屋住。」

「誰是少校？」我問。

他說，語氣似乎很吃驚。

「當然是費爾波少校。」

他好像很生氣，我竟然會問這個問題。據我猜想，費爾波少校大概是本地的神。我想，李老太婆應該是他的依親，靠他供養。費爾波家族似乎世代都住在這裡，多多少少算是這地方的老大。

我向老人道了再見，轉身離去，他說：「她的小屋就在街尾最後那間。你可能會在屋外看到她。她不喜歡待在屋內。有吉卜賽血液的人不喜歡待在屋子裡。」

我就這樣在街上閒晃著，一面吹口哨，一面想著吉卜賽莊園。我幾乎就要把他告訴我的話忘掉了，這時看到一個身材高大、一頭黑髮的老婦，在一道花園籬笆旁盯著我看。我立刻想到，這一定就是李老太婆。我停下腳步，開口對她說話。

「聽說你可以告訴我吉卜賽莊園的事。」我說。

她的目光透過黑色蓬亂的劉海盯著我看，口中說道：「別和它有瓜葛，年輕人。聽我的，忘掉它。你是個漂亮的小夥子。從吉卜賽莊園出來之後都沒好事，永遠也不會有。」

「我看到它的銷售廣告。」我說。

「對，是這樣，不過誰買下來誰是傻子。」

「誰有可能會買它？」

「有個建商在打聽。其實不只一個。它一定會賤價出售，你等著看好了。」

「為什麼要賤價出售？」我好奇地問。「它的地點很好啊。」

她不回答。

「如果哪個建商便宜買下了它，他會怎麼處理？」

她兀自咯咯咯笑了起來。那笑聲帶著惡毒，讓人聽了很不舒服。

「當然是把那個半塌的老房子打掉重建。說不定蓋個二、三十棟……可是每一棟都被下過詛咒。」

我忽視了她的話的後半部分，脫口而出說道：「可惜，太可惜了。」

「啊，你不必擔心，他們占不了便宜的。買下它的人占不了，為它增磚添瓦的人也占不了。有人會失足滑下梯子，卡車在路上翻覆，石瓦從房頂上滾下摔成碎片。樹也一樣，說不定突然一陣狂風襲來，把所有的樹都吹倒在地。啊，你看著好了。誰也不能從吉卜賽莊園占到任何便宜。他們最好離它遠一點。你看著好了，等著瞧吧。」她的頭猛然一點，接著又輕聲對自己說了一遍：「捲入吉卜賽莊園的人沒有好下場。從來就沒有。」

我笑了。她立刻又說：「別笑，年輕人。在我看來，說不定哪天你也會惹禍上身，到時候哭都來不及。不管是那棟房子還是它的土地，永遠不會帶來好運。」

「那棟房子發生過什麼事？」我說，「為什麼空了這麼久？為什麼屋主會任它荒廢？」

「最後住進去的人都死了。沒有一個活著。」

「他們是怎麼死的？」我好奇地問。

「最好別再提起這個。反正從那之後，沒有人願意搬進去住。那房子就這麼空在那裡，任它發霉、腐朽；現在，它已經被人遺忘了。最好是這樣。」

「不過你可以告訴我它的故事，」我哄她。「我聽說你對它瞭若指掌。」

「我可不說吉卜賽莊園的八卦，」接著她放低嗓門，換上乞丐般的哀嚎聲。「如果你喜歡，我替你看看手相吧，漂亮的年輕人。用銀幣在我手心裡畫個十字，我就替你算個命。你這陣子有可能會好運亨通。」

「我不相信算命這種無聊東西，」我說，「而且我一個銀幣也沒有。無論如何，我絕不付錢。」

她走近我，繼續哄我。

「那六便士，六便士就好了。只要六便士，我就替你算命，怎麼樣？一點都不貴。我肯用六便士替你算，是因為你年輕英俊，口齒伶俐，而且很有個性。說不定你就此飛黃騰達。」

我從口袋裡掏出六便士。這不是因為我相信她愚蠢的迷信，而是不知為什麼，我喜歡這個老騙徒，即使我看透了她的伎倆。她把我手中的錢幣一把抓走，口裡說：「好，把你的手給我。兩隻手都要。」

她乾癟的雙手捧著我的手，低頭注視著我打開的手心。她仔細看了一兩分鐘，一語不發，接著突然甩掉我的手，幾乎是把手推開。她退後一步，以粗啞的聲音說：「如果你要知道什麼對你有好處，就馬上離開吉卜賽莊園，別再回來！這是我給你的忠告，別再回來。」

「為什麼？為什麼我不能回來？」

「因為如果你回來，很可能會有悲傷、損失和危險。有麻煩，極大的麻煩正等著你。忘掉這地方，就當作你從沒見過它。這是我給你的警告。」

「可是那許多……」

她轉身離開，走進小屋。她一進門，就砰然甩上大門。我不迷信，但我當然相信運氣；誰不信呢？可是我不相信一個廢棄房屋被施下詛咒這種胡說八道的迷信。話說回來，我有種不安的感覺，彷彿那個老怪物真的在我手上看到了什麼。我把兩手攤平，低頭看著手掌。誰能從手掌裡看到任何東西？算命看相淨是胡扯，只是騙錢的詭計……利用你愚蠢的輕信而騙錢。我抬頭看看天。太陽已經鑽進烏雲裡，天色似乎起了變化。周圍籠罩著一個陰影，一股威脅。我想，暴風雨就要來了。開始刮風了，樹枝搖曳，樹葉翻飛。我吹著口哨打起精神，沿著同樣的小徑穿過村子離去。

走過塔城的拍賣廣告時，我又駐足看了看，甚至記下了日期。我這輩子從來不曾參加過財產拍賣會，不過我想，這一回我要參加。看看是誰買下塔城，換句話說，看看什麼人會成為吉卜賽莊園的主人，這應該會很有趣。是的，我想這才是整個故事真正的開端。一個異想天開的念頭浮現在我腦海。我要去參加拍賣會，假裝要加入吉卜賽莊園的投標！我要和當地的建商比價。他們原本希望能便宜買下它，但到那時候他們可要失望而退了。等我買下它，我要去找魯道夫．桑托尼克，我要對他說：「替我蓋一棟房子。我已經買下那塊地。」然後我會去找個女孩，一位漂亮的女孩，從此在一起過著幸福快樂的生活。

我常常做這種夢。當然，這些夢從未實現過，可是作夢很好玩。我當時就是這麼想。好玩！好玩！上帝啊！要是我那時候知道後果就好了！

／02

那一天我來到吉卜賽莊園附近，完全是出於巧合。我開著租來的車，從倫敦送兩個人去參加一次大拍賣……不是賣房子，而是賣房裡的東西。那房子很大，位於市郊，而且不是普通的醜。我送一對老夫婦去，從他們的對話中，我得知他們對一堆紙模型作品有興趣。天曉得紙模型是什麼東西。以前我只聽過母親提到一次，好像和隨用隨丟的碗有關。她說，總有一天紙模碗會比塑膠碗好用得多！真奇怪，有錢人竟然來這裡買一堆這樣的東西。

不過，我把這件事記在腦海裡，心想我可能會去查字典或翻翻書，看看紙模型究竟是什麼東西，竟能讓人覺得值得租一部車到鄉下的拍賣會去出價競標。我喜歡吸收新知。那時我二十二歲，就這樣累積了不少知識。我對車子懂得不少，是個不錯的機械工人，也是個細心的司機。我在愛爾蘭做過和馬有關的事，還差點加入一個販毒集團，不過我警覺了，及時抽了腿。在租車公司當豪華轎車的司機一點都不差。薪資優渥，還有小費，而且工作通常並不累人。只是有點枯燥。

我也曾在夏天做臨時工去摘水果。工資不高，但我玩得很開心。我試過許多工作。我在三等旅館裡當過服務生，在夏日海濱當過救生員，還賣過百科全書、吸塵器和其他東西。我還在植物園裡做過園藝，學到少許花草的知識。

我從不做固定的工作。為什麼要固定呢？我發現幾乎每一樣我做過的事情都很有趣。有些工作比較辛苦，但我不在乎。我並不懶惰，我想真正的我是停不下來的。我希望走遍全世界博覽萬物，做各種工作……我希望找到某樣東西。對，就是這樣，我希望找到某樣東西。

自從我離開學校後，我就希望找到某樣東西，可是我不知道這東西是什麼。我只是以不知所以也不積極的方式在找尋。它存在於某處，遲早我會知道它是什麼。或許是個女孩。我喜歡女孩子，不過到目前為止，我遇到的女孩都不甚了了。沒錯，你喜歡她們，但你還是會欣欣然去找別的女孩。女孩子就像我做過的工作，不錯是不錯，可是你會厭倦，於是就想換一個。打從我離開學校，我已經換了一份又一份的工作。

很多人不贊同我的生活方式，我想你可以稱他們為「我的祝福者」。那是因為他們完全不了解我。他們希望我和一個好女孩固定交往、存錢、結婚，找一份體面安穩的工作，從此安定下來。日復一日，年復一年，無止無盡，阿們。這可不適合在下我！世界上一定有比過安定日子更好的事情。這個古老的福利國家之所以能傻傻地蹣跚前進，不只是因為那份呆滯的安全感！沒錯，我想，在一個人類已向天空發射衛星並且大談登陸星球的世界裡，一定有什麼可以喚醒你，讓你心跳不已，值得你走遍世界去尋找！我記得有一天，我正沿著龐德街閒逛。那時候我還在當服務生，剛好輪休。我在街上閒逛，駐足在一家商店看櫥窗裡面的鞋子。那些鞋子非常帥氣。就像他們在報上廣告說的：「是時髦男士今天穿的鞋子」。那些廣告通常還附有一張所謂時髦男士的照片。老天，那人看來往往像個笑話！那種廣告常令我發噱，真的。

我從鞋店走到下一個櫥窗，是一家畫廊。櫥窗裡僅有三幅布置得很藝術的畫，以柔色的軟天鵝絨為襯，配上鍍金的畫框。娘娘腔！如果你了解我意思的話。我對藝術沒什麼天分。出於好奇，我也曾去過國家畫廊，但它讓我很不舒服，真的。描繪山谷戰爭或是表達憔悴的聖人身上插著箭的巨幅彩色畫，還有周身淨是絲綢、天鵝絨和蕾絲的貴婦擺出虛假笑容的肖像畫，我都不感興趣。我那時就斷定，藝術和我無緣。可是，我現在看的這幅畫不一樣。櫥窗裡有三幅畫。一幅風景畫，是那種我每天都要經過的鄉村美景。第二幅是個女子畫像，畫得很好笑，極不合比例，你幾乎看不出她是個女人。我想，這就是所謂的「藝術的誇張」。但我不懂它為什麼要這樣。第三幅畫讓我心儀。它其實無足可觀，如果你懂我意思的話。它……我該如何描述它呢？畫很簡單。畫面上有許多空白，還有幾個逐漸變大的圓圈層層圍繞——要讓我形容的話。所有的圓圈顏色都不一樣，而且是你意想不到的奇怪顏色。另外，畫面上處處掃著幾筆色彩，看起來沒有任何意義。怪的是，不知為什麼，它們就是代表了某樣東西！我不太會描述事情。我只能說，它會吸引你一直看下去。

我僵在那裡，有種奇怪的感覺，彷彿身上發生了不尋常的事。我想到那些時髦的鞋子，我曾經喜歡穿那種鞋。我的意思是，我對穿著一向講究。我喜歡衣著體面，以給人留下好印象，可是我這輩子從沒想過要在龐德街上買雙鞋。我知道他們索價高昂，說不定一雙就要十五鎊。他們會說那是因為手工製造或是其他名目，好讓你覺得它值這麼多錢。這純粹是浪費。沒錯，鞋的外形很有品味，可是為了這個品味，你得付出很多錢。我頓然清醒過來。

可是這幅畫，它價值多少？我想知道。難道你想買下它？你瘋了，我對自己說。你不喜歡畫，大體而言不喜歡，這是千真萬確的事實。不過我想要這幅畫……我想擁有它。我希望把它掛起來，隨時想看就坐下來看，而且心知自己是它的主人！我，買畫？這似乎是個瘋狂的念頭。我又對那幅畫瞄了一眼。我想，買這幅畫的念頭似乎來得毫無道理，而且，說不定我也買不起。事實上，當時我身上有錢。我押中了一匹馬，發了一筆小橫財。這幅畫可能得花不少錢。二十鎊？二十五鎊？反正問問又無傷。他們總不會吃掉我，對吧？

我走進店門，一方面覺得自己衝動進取，一方面又帶著戒心。

店內非常肅靜而堂皇。色彩柔和的牆壁，供你坐著欣賞畫作的天鵝絨長靠椅，氛圍很沉靜。一個穿著無懈可擊、活脫像個廣告模特兒的男人走過來招呼我，他的聲音低沉，正好配合氣氛。有趣的是，他的態度不像龐德街其他高檔店家的店員，態度顯得高人一等。他仔細聽我說話，接著從櫥窗取出那幅畫，端在手上襯著牆，讓我任意地看。我於是想到，有時候你知道一些事情的規則，可是這種規則也許適用於其他事物，卻不適用於畫。有人穿著破西裝、破襯衫走進這樣的地方，結果發現他竟然是想增加收藏的百萬富翁。或者有人穿著廉價而俗氣的衣服走進店內——大概就像我一樣——但他就是有辦法以不知什麼樣的精明手段湊到錢買下一幅畫。

「這幅畫是這位藝術家的傑作。」那人手裡一面拿著畫，一面說。

「多少錢？」我開門見山問道。

他的回答讓我倒吸了一口氣。

「兩萬五千英鎊。」他柔聲說道。

我很善於保持一張撲克臉，喜怒不形於色。我沒有露出任何表情，至少我認為我沒有。他接著說出一個聽來很陌生的名字，我想是那個藝術家的名字。這幅畫才剛上市，是從鄉村一棟宅邸裡拿出來賣的，住在裡頭的人都不知道它的名貴。我竭力自持，嘆息道：「很貴，不過我想很值得。」我說。

兩萬五千英鎊。太可笑了！

「是啊，」他嘆口氣，說道，「確實如此。」他輕輕放下畫，將它擺回櫥窗。他看看我，笑著說：「你很有品味。」

我覺得他和我有某種默契。我謝過他，回到龐德街上。

03

我不大善於記述事情……我的意思是，不像真正的作家那樣。例如，關於我看到的那幅畫的點點滴滴，其實和其他事情完全無關。我的意思是，它毫無寓意也毫無目的，但我就是覺得它很重要，覺得它有它的價值在。對我來說，那幅畫就是很重要，一如吉卜賽莊園和桑托尼克對我而言很重要一樣。

目前為止，我對他的介紹並不多。他是建築師，當然，這你已經知道了。建築師也是一個和我從未有過瓜葛的東西，雖然我對建築這一行有點認識。我是在閒逛途中遇到桑托尼克的。當時我以司機為業，載著有錢人到處逛。有幾回我還開車出國過——德國兩次（我會一點德語），法國一兩次（我對法語也有一知半解），還去過葡萄牙一次。我的客人通常是老年人，他們的多金和體弱多病可說是等量齊觀。

載著他們那樣的人到處走，你會慢慢體會到，金錢畢竟不是萬能。有初期心臟病的人隨時帶著許多小藥瓶，三不五時就得吞幾顆，還會為了旅館裡的食物和服務發脾氣。我認識的有錢人多半都很悲哀。他們也有他們的煩惱。稅負和投資。聽聽他們聚在一起談論的話題或是和朋友的聊天，淨是煩惱！他們有一半都是煩惱死的。他們的性生活也不美滿。他們不是娶了個雙腿修長又性感的金髮美女常常背著他們在別處和男友廝混，就是娶了個牢騷滿腹、可怕得要命的母夜叉，不斷對他們指東指西。不，我邁克・羅傑斯寧可單身。我邁克・羅傑斯要環遊世界，而且除非喜歡，才會和漂亮女人調情搭訕。

當然，我算是過一天算一天，只是我挺得住。生活很好玩，我滿足於遊戲人生。不過，我想無論我怎麼過都會深感滿足。但這種心態和青春同駐。當青春不在，好玩的東西也就不再好玩了。

而在好玩的背後，我想，總有另一個東西蠢蠢欲動……對某樣東西或某個人的渴望。但我還是繼續我剛才說的吧。我過去常開車送一個老人去里維拉。他正在那裡蓋一棟房子，常去看進展如何。桑托尼克就是他的建築師。我其實不知道桑托尼克是哪一國人。起先我以為他是英國人，雖然我從未聽過他那個好笑的姓。不過，我現在認為他不是英國人。我猜他很可能屬於斯堪地納維亞某個民族。他有病，我一眼就看出來了。他很年輕，皮膚極白，身材瘦弱，生著一張古怪的臉。那張臉不知怎麼有點歪斜，兩邊並不對稱。他對待顧客脾氣很壞。你或許會認為，既然付錢的是那些人，所以他們會對他發號施令、欺壓到底。才不是，是桑托尼克欺壓他們。因為他永遠對自己信心滿滿，但他的顧客不是。

我記得，我這位老客人每次一到現場看到工程進度，就氣得滿嘴吐白沫。我每每待命在旁，隨時準備以一個司機的瀟灑姿態幫助他——這位康斯坦丁先生隨時可能心臟病發作或是中風。

「你沒有照我說的做！」他幾乎像在尖叫。「你花了我太多錢，太多太多的錢！我們當初不是這麼說的。這房子花的錢會超出我的預期。」

「完全正確，」桑托尼克說，「可是這筆錢該花。」

「不該花！不能花！你得控制在我訂下的限度之內。明白嗎？」

「那你就不可能擁有你想要的房子，」桑托尼克說，「我知道你要什麼。我蓋的房子就是你要的。這點我有信心，你也很確定。別對我耍你們中產階級節儉持家那一套。你要一棟高級宅邸，你就可以得到一棟高級宅邸，你會向你的朋友炫耀，他們會嫉妒你。我告訴過你，我不隨便替人蓋房子。這棟房子不會像其他人的房子。這點比錢更重要。」

「太可怕，太可怕了！」

「噢，不，不可怕。你的問題在於你不知道你要什麼。或者說，至少每個人都自認為如此。可是，你其實知道自己要什麼，只是難以表達而已。你並不清楚這點，我知道。人追求什麼、想要什麼，我一向清清楚楚。你內心對品質很在乎。所以我會給你品質。」

他常常這麼說話，我就站在旁邊聽。不知為什麼，我看得出來這棟俯瞰大海、蓋在松林中的房子勢必不同尋常。房子有一大半並沒有按照傳統的方式臨海而建。它像是位於內陸、山間、半山腰，幾乎高聳入雲；很奇特，很不平常，可是令人興奮。

我不上班的時候，桑托尼克會和我聊天。他說：「我只替我願意替他蓋房的人蓋房子。」

「你的意思是有錢人？」

「他們非有錢不可，否則承擔不起。可是我在乎的不僅是蓋房子的錢。我的顧客必須有錢，因為我想蓋的房子很花錢。你知道，光是房子並不夠，它還得有適當的背景。這點也很重要。就像紅寶石或翡翠。漂亮石頭只是漂亮石頭，此外什麼都不是，它沒有任何意義，沒有形體或意涵，除非它有個背景。同樣的，適當的背景必須有一顆美麗的珠寶才能相稱。你看，我取這個景觀做背景，這個景觀雖然自成一格，可是除非我的房子坐落其上，它才富有意義。那就像懷抱著驕傲的珠寶，」他看著我，大笑著問：「你不懂？」

「我想我是不懂，」我緩緩說道，「不過，從某個角度來說，我想我懂。」

「或許吧，」他帶著好奇看著我。

後來，我們又去了里維拉。那時候房子已近完工。我在這裡就不形容它了，因為我無法形容得更貼切，可是那房子……呃，很特別，而且很漂亮。這點我看得出來。它是一棟會讓你感到自豪，可以驕傲地秀給別人看、自己看著也滿意、和一個良伴住在裡面也會很得意的房子。後來有一天，桑托尼克突然對我說：「我可以替你蓋一棟房子，你知道。我知道你要的是哪一種房子。」

我搖搖頭。

「連我自己都不知道。」我誠實地說。

「也許你不知道，可是我知道，」他接著又說，「太可惜了，你沒有錢。」

「我永遠也不會有錢。」我說。

「你不能這麼說，」桑托尼克說，「出身貧窮並不代表會窮一輩子。錢很奇怪，你需要它的時候它就會出現。」

「我不夠精明。」我說。

「你的雄心不夠。你的雄心還沒被喚醒，不過它存在，你知道的。」

「噢，好吧，」我說，「等哪天我的雄心被喚醒、也有了錢，我就來找你，要你替我蓋房子。」

他嘆了口氣，說道：「我不能等。沒錯，我沒時間等。我的日子不長了。頂多再蓋一棟房子……至多兩棟，不會再多。誰也不想年紀輕輕就死去，可是有時候身不由己。我想，其實這無所謂。」

「那我得盡快喚醒我的雄心。」

「不，」桑托尼克說，「你很健康，正在享受人生，不要改變你的生活方式。」

我說：「就算我想改也改不了。」

我說的是真話。我喜歡我的生活方式。我很享受人生，身體從未出過毛病。我接送很多人，他們賺很多錢、工作很努力，卻因為辛苦工作得了潰瘍、冠狀動脈栓塞和許多其他疾病。我不想那麼拚命。我可以同時做兩份工作，不過也僅止於此。我沒有雄心，或者說，我認為我沒有雄心。我想，桑托尼克是個有雄心的人。我看得出來，設計、建造房子、畫平面圖以及我不太了解的種種，已經讓他精疲力竭。他本來就不是個強健的人。有時候我會想，他辛勤工作以實現他的雄心，這樣的搶時間等於是自殺。我不想工作，就是這麼簡單。我不信任工作，也不喜歡工作。我想，人類發明了工作多麼不幸，這實在不是好事。

我常常想到桑托尼克。我對他的好奇遠超過我認識的其他人。一個人的記憶，是生命中最詭異的東西之一。我想，人的記憶是有選擇性的。我們勢必要選擇一些事情去記住。桑托尼克和他的房子、龐德街的畫、去看那座毀壞了的房宅「塔城」、聽到「吉卜賽莊園」的故事，都是我自己選擇要記住的事！有時候我也會記住我交往過的女孩，和因為接送客人而有的國外旅行。那些客人全都一個樣，乏味。他們總是住同樣的旅館，吃同樣而且難以想像的食物。

我仍然有那種奇怪的感覺，覺得我一直在等待某樣東西，等著它不請自來或是正好發生。我不知道該怎麼形容它才好。我想，我其實是在找一個女孩，一個我看對眼的女孩。我的意思不是那種適合結婚安家的好女孩，那是我母親、我叔叔喬舒亞或是我一些朋友的想法。那時候我還不懂什麼是愛情。我只懂得性。我們這一代的年輕人似乎只懂這個。我想，我們對它談得太多、聽得太多，而且太認真了。我們（包括我的朋友和我自己）不知道，當它到來的時候究竟會如何。我是指愛情。我們年輕，我們年輕氣盛，我們會打量遇到的女孩，欣賞她們的曲線、美腿和拋來的眼神，然後你會想：「她們適不適合？我該不該浪費時間？」而你交往的女孩愈多，你就愈有本事吹牛，大家也愈認為你是個好男人，連你自己也這麼認為。

我其實不知道，事實上並非如此。我想它遲早會發生在每個人身上，而且是突然發生。你不會像你想像的那樣，心想：「她也許就是我的女人。這個女人將會屬於我。」至少，我沒有這樣的感覺。我不知道它來得如此突然。我不知道我會說：「我屬於那個女人。我是她的。我完全屬於她，永遠屬於她。」沒有，我作夢也沒有想過它會這樣。不是有個老諧星說過……這該不是他的招牌笑話吧：「我曾經墜入愛河，而如果我感受到它又來了，告訴你，我會移民國外。」我也是這樣。如果我早知道，如果我早知道它會這樣到來，我早就移民國外了！換句話說，如果我聰明的話。

╱04

我沒忘記要去參加拍賣會的計畫。

還剩三個禮拜。我還得去兩趟歐陸，一趟法國，一趟德國。我在漢堡的時候，出現了一場危機。首先，我對我開車接送的這對夫妻強烈不滿。他們的所作所為都令我極度厭惡。他們粗魯、不替人著想，看著就不順眼。我想，是他們讓我滋生了再也無法忍受這種趨炎附勢生活的感覺。我是細心的人，你得知道。我想我對他們多一天也忍受不了，可是我不能如實告訴他們。把主雇關係搞壞沒有半點好處。所以我打電話到他們的旅館說我病了，同樣也打了電話到倫敦。我說我可能得因病隔離，建議他們另派一個司機代替我。沒有人會怪我。他們不會關心我，不會關心到進一步來探問。他們只會認為我燒得太厲害，所以不再告知他們近況。事後我會再度出現於倫敦，編個故事說我當時病得有多重。但我想我不該那麼做。我對開車這檔子事已經受夠了。

我的反抗是我這一生中一個重要的轉捩點。拜它和其他一些事情之賜，我才會如期出現在拍賣場裡。

原先的廣告牌上貼有「除非經過私下協議售出」的字樣。這個字樣還在，表示它還沒有因私下協議賣出去。我興奮得幾乎忘形。

一如我所說，我從來不曾參加過公開的財產拍賣會。我一直以為它會很刺激，可是它並不刺激。一點也不。它是我參加過最無趣的場合。拍賣在一種半明半暗的氣氛中進行，一共只有六、七個人。主持人和我見過的家具拍賣會主持人大不相同。那些人怪腔怪調、中氣十足、滿嘴笑話，而這個主持人用半死不活的聲音誇讚了那個房子，又將它的面積等資料敘述一番，接著就不慍不火地宣布競價。有人出價五千英鎊，主持人露出疲倦的笑容，好像聽到一個不怎麼好笑的笑話。他說了幾句話，接著又有幾個人出價。站在我周遭的多半是鄉下人。有個人看來像農夫，有個我猜是有競爭實力的建商；兩個律師；還有一個看來像是倫敦來的陌生人，衣著體面，一副專業模樣。我不知道他有沒有出價，可能有。如果有，他可能是打了個手勢，沒有出聲。不管怎麼說，出價逐漸停息，主持人以悲哀的語調宣布底價沒有達到預定標準，所以流標。

「好無聊。」我出門的時候，對我身邊一個看來像鄉下人的人說。

「就和往常一樣，」他說，「你來過很多次嗎？」

「沒有，」我說，「事實上，這是我第一次來。」

「因為好奇，對吧？我注意到你沒出價。」

「沒錯，」我說，「我只是想看看是怎麼回事。」

「噢，常常是這樣。他們只想看看什麼人有興趣，你知道。」

我用詢問的眼神看著他。

「我敢說，只有三個人對它有興趣，」這位朋友說，「海明斯特來的韋瑟比。他是個建商，你知道。然後是達克姆和庫姆，代表利物浦某個公司。我知道，還有一個人也是來自倫敦的黑馬，我敢說他是個律師。當然，或許還有更多人對它有興趣，不過在我看來，主要人選就是這些了。大家都這麼說。」

「是不是因為那地方的名聲？」我問。

「噢，你已經聽說過吉卜賽莊園，對吧？那只是鄉下人的說法。鎮公所多年前就該修那條路了……那條路是死亡陷阱。」

「不過，那地方名聲不好？」

「我告訴你，那只是迷信。不管怎樣，一如我所說的，真正的買賣是發生在幕後，你知道。他們會去出價。我敢說，利物浦的人會標到。我認為韋瑟比不可能出高價。他喜歡買便宜貨。現在很多土地進入市場，等著開發。畢竟，不是很多人買得起這塊地，你得把毀壞的房子推倒另蓋，你說對吧？」

「這年頭這種事好像不常有。」我說。

「太難了。稅負加上雜七雜八的因素，而且在鄉下還找不到幫手。確實，現代人寧可花好幾千英鎊在城裡老高的大樓裡買間十七樓的豪華公寓。大而不當的鄉村宅邸在市場上是滯銷貨。」

「可是你可以在上面蓋一棟現代化的房子，」我說，「這樣可以節省人力。」

「是可以，可是這麼做成本昂貴，而且大家不喜歡獨居。」

「說不定有人喜歡。」我說。

他笑笑，我們就分手了。我往前走，皺著眉頭暗自思索，沒注意我的腳步，不知不覺沿著樹林間的那條路蜿蜒而上，來到了樹林和荒原之間的彎道。

就這樣，我來到初見愛茘的路上。一如我前面所說，她站在一棵高大的樅樹旁，而她的容貌，如果要我形容，就像剎那前還不存在，這會兒突然從樹中冒出來一樣。她穿著深綠色的花呢衣裳，秀髮是秋葉般的淡棕色，給人不真實的感覺。我看到她，頓時停下腳步。她看著我，雙唇微啟，似乎有點吃驚。我想我大概也顯得驚訝。我想說話，但不知該說什麼。

我說：「對不起。我……我不是故意要嚇你。我不知道這裡有人。」

而她說……聲音又輕又柔，像是小女孩的聲音，但又不盡然。

「沒關係。我的意思是，我也沒想到這裡會有人，」她舉目四望，又說：「這地方……很荒涼。」

接著她輕輕打了個寒顫。

那天下午風很涼。也許並不是風，我不知道。我向她走近一兩步。

「這地方挺可怕的，對吧？」我說，「我的意思是，那房子像廢墟一樣。」

「『塔城』，」她若有所思地說，「是它的名字，對吧？只是，這裡好像沒有塔。」

「我想那只是個名字，」我說，「他們把房子取名為塔城，聽起來比較宏偉。」

她輕輕笑了。

「我想是這樣，」她說，「也許你知道，我是不清楚……這就是他們今天在拍賣的房子嗎？」

「是的，」我說，「我剛從拍賣場過來。」

「噢，」她的聲音聽來好像很吃驚。「你……你有興趣？」

「我不可能買下一棟附有幾百畝林地的廢舊房子，」我說，「我不是那種階層的人。」

「它賣出去了嗎？」她問。

「沒有。出價沒有達到預定標準。」

「噢，原來如此。」聽她的語氣似乎鬆了一口氣。

「你不會是想買吧？」我說。

「噢，不，」她說，「當然不想。」她好像有點緊張。

我猶豫片刻，脫口說出已到嘴邊的話。

「我其實是在假裝，」我說，「我當然不可能買，因為我沒錢，但我有興趣。我願意買下它。我很想買。如果你想笑，儘管張口笑我吧。不過，事實就是這樣。」

「可是，這房子不是很破很舊，很……」

「噢，沒錯，」我說，「我並不是說我要讓它保持現狀。我要推倒房子，用車子把它全部搬走。這房子很醜，想來一定也是個悲傷的房子。可是這地方既不悲傷也不醜陋。它很漂亮。你看，你過來一點，穿越樹叢看那邊，看群山和荒原之間的景色。你看到了嗎？好美的遠景。你再到這邊來看……」

我挽著她的手臂，把她帶到另一個地點。這樣的舉止也許不合體統，不過她沒注意。不管怎麼說，我挽住她只是因為急於把我看到的指給她看。

「這裡，」我說，「你可以看到斜坡緩緩沒入海面，那裡有岩石外露。那中間有個小城鎮，只是我們看不見，因為斜坡再過去有群山聳立。你再看這個方向，一個隱隱約約的茂林山谷。你看得出來嗎？如果把這些樹砍掉，鋪成綠蔭大道，再把房子周圍清理乾淨，這裡的房子會有多漂亮！你不必把房子蓋在原來的位置。你可以蓋在它右邊五十碼或一百碼的地方，就是這裡。你可以在這裡蓋一棟房子，一棟理想的房子。由一位天才建築師蓋的房子。」

「你有認識什麼天才建築師嗎？」她的語氣好像很懷疑。

「我認識一個。」我說。

於是我對她說起桑托尼克來。我們並肩坐在一棵倒落的樹幹上，我就這麼一直說一直說。是的，我和一個以前不曾見過、突然從樹林中出現的纖細女孩聊起天來，把我的一切都告訴了她。我告訴她我的夢想。

「它不會實現，」我說，「我知道。不可能實現。可是，想想看——就像我此刻想像著它一樣——我們把那裡的樹砍掉，開墾後種花植草，培植一些山杜鵑和杜鵑花，我的朋友桑托尼克一定會來。他咳得很厲害，我想他會死於肺結核之類的病。不過他辦得到，他死前會把房子蓋好。他可以蓋出最漂亮的房子。你不知道他蓋的房子是什麼樣子。他為有錢人蓋房子，那些人必須有追求美好事物的渴望。我不是指傳統意義上的美好事物，而是那些希望夢想成真的人所渴望的東西……真善美的事物。」

「我願意擁有那樣一棟房子，」愛茘說，「你讓我看到了它，感覺到它。沒錯，住在這個地方會很棒。你夢想的一切都會實現。你可以住在這裡，自由自在，沒有妨礙，不會被別人綁手綁腳，使喚你去做你不想做的事，偏又想做的都不能做。噢，我討厭我的生活和周圍的人，我什麼都討厭！」

這是我和愛茘的開始。我帶著夢想，她帶著對生活的厭惡。我們不再說話，彼此對望。

「你叫什麼名字？」她說。

「邁克・羅傑斯，」我說，「全名是邁可・羅傑斯。」我問：「你呢？」

「芬妮拉，」她遲疑片刻，隨即帶著苦惱的神情望著我說：「芬妮拉・古德曼。」

我們的關係似乎並沒有因此加深一層，不過我們繼續對望。我們都想再次見面，可是不知該如何安排。

05

是的，這就是我和愛荔的開始。其實我們進展不快，因為都有各自的祕密。我和她都有不想讓對方知道的事，所以無法自然地向對方大談自己，這讓我們的對話每每突然中斷，彷彿遇到了某種障礙。我們不能大方討論：「我們什麼時候再見面？我可以去哪裡找你？你住在什麼地方？」因為，你知道，如果你問對方這個問題，他們會期待你回答同樣的問題。

芬妮拉告訴我她的名字時，看來神情忐忑不安，一時之間我還以為那不是她的真名。我幾乎要以為那個名字是她編的！不過，我知道這不可能。我告訴她的是我的真實姓名。

那一天，我們不知道該如何道別。真的是很窘。天氣變涼了，我們想從塔城漫步走下山……可是之後呢？我尷尷尬尬地試問：「你住在附近嗎？」

她說她住在查德韋市場，一個離此不遠的市鎮。我知道那裡有個三星級的大旅館。我猜她應該住在那裡。

帶著同樣的尷尬，她問我：「你住在這裡？」

「不，」我說，「我不住這裡。我只有白天在這裡。」

接著又是一陣尷尬的沉默。她微微發抖。涼風剛剛刮起。

「我們最好走走路，」我說，「保持溫暖。你……你開車，還是搭公車或火車？」

她說她的車放在村子裡。

「不過我沒問題。」她說。

她似乎有點緊張。我想她也許想擺脫我，只是不知怎麼做才好。我就說：「那我們走下去，走到村子就好，你看怎麼樣？」

她當即看我一眼，眼神滿是感激。我們沿著那條出過許多車禍的曲折小徑，慢慢走下山來。當我們行到彎處，一個身影驀然從杉樹蔭下走出來。「噢！」它出現得如此突然，愛荔不覺驚叫出聲。是我那天在小屋花園旁見到的老婦，李老太婆。她今天在肩上披了一件鮮紅斗篷，蓬亂的黑髮隨風飄搖，看來更為嚇人，而她那頤指氣使的架式，讓她顯得更為高大。

「你們想做什麼，親愛的？」她說，「你們為什麼要跑到吉卜賽莊園來？」

「噢，」愛荔說，「我們沒有侵入私人產地吧？」

「但願如此。這裡曾經是吉卜賽人的土地，是吉卜賽人的地盤，可是我們被趕走了。你們在這裡沒好處，在吉卜賽莊園上晃來晃去，對你們不會有半點好處。」

愛荔沒有還嘴，她不是那種人。她口氣又溫柔又禮貌地說：「我很抱歉，也許我們不該到這裡來。我還以為這塊地今天賣掉了。」

「誰買誰倒楣！」老太婆說，「你們聽好，漂亮的年輕人。因為你們漂亮，所以我告訴你們，誰買誰就倒大楣。這塊地被詛咒過，很久以前、許多年前被下過詛咒。你們離它遠一點。別和吉卜賽莊園有瓜葛。它會帶給你們死亡和危險。渡海回家去吧，別再到吉卜賽莊園來。可別說我沒警告你們。」

「我們又沒有做壞事。」

「好了，李老婆婆，」我說，「你別嚇壞了這位小姐。」

我轉向愛茘，算是對她解釋。

「李老婆婆住在村子裡。她在那裡有間小屋。她會算命，可以預知未來。對吧，李老婆婆？」我用開玩笑的口吻對她說。

「我有這個天賦，」她毫不拐彎抹角地說，屬於吉卜賽人的腰桿挺得更直了。「我有這個天賦。我天生就會算命。我們都有這個天賦。小姐，我替你算算命吧。只要你用銀幣在我手心畫個十字，我就可以看出你的命運。」

「我不想算命。」

「了解你的未來，這是明智的作法。你會知道要避免哪些東西，知道如果你不小心，什麼厄運會降臨。別這樣。你口袋裡有的是錢，很多錢。我會讓你知道我知道的事情，這樣你才算聰明。」

我相信，女人都喜歡慫恿人去算命。以前我和幾個認識的女孩子在一起的時候就注意到了。如果我帶她們去市集，幾乎總要掏腰包替她們付錢給算命攤子。愛荔打開手袋，放了兩個半克朗的銀幣在老太婆手上。

「啊，漂亮小姐，這就對了。你聽著，聽我李老太婆告訴你什麼。」

愛荔脫下手套，把她纖細的小手放在老太婆手上。老太婆低頭看看，喃喃自語道：「我看到了什麼？我看到了什麼？」

她突然粗魯地將愛荔的手甩掉。

「如果我是你，我會遠離這地方。快走，而且別再回來！我告訴你，真的是這樣。我又在你的手心看到了。忘掉吉卜賽莊園，甚至忘掉你曾經看過它。不只是這個破房子，連這塊土地都被下了詛咒。」

「你瘋了，」我凶她。「這位小姐和這塊土地沒有任何關係。她今天只是來這裡散步，和這一帶沒有半點關聯。」

老太婆理都沒理我。她自顧自地說下去。

「我告訴你，漂亮小姐。我警告你。你可以有個幸福的人生，可是你必須避開危險。不要去危險和被下過詛咒的地方。要去愛你、關心你、能照顧你的地方。你得自己注意安全，切記。要不然，要不然……」她打了個寒顫。「我不喜歡……我不喜歡你手上的東西。」

她出其不意地把那兩個半克朗銀幣塞回愛荔手裡，喃喃說了一些我們聽不清楚的話，聽來像是「殘忍，太殘忍了……將要發生的事」。她轉過身，邁開大步一下子就走遠了。

「好……好可怕的老太婆。」愛荔說。

「別理她，」我沒好氣地說，「我想她腦筋有問題。她只是想把你嚇跑。我想，他們對這塊土地有種特殊的感情。」

「這裡曾經出過意外？有不幸的事發生過？」

「一定出過事。你看那個彎道，還有路那麼窄。鎮公所一點辦法也不想，實在該槍斃。這裡當然會出意外；警告標示不夠多嘛。」

「只有意外？還有其他的嗎？」

「聽好，」我說，「一般人都喜歡收集災難故事。世界上總有許多災難故事可以收集。某某地方的傳說就是這麼來的。」

「別人說這塊地會賤價出售，這是原因之一嗎？」

「噢，可能吧，我想。那是當地人的說法。不過我想這塊地不會賣給本地人。我想它會被買下來作為開發之用。你在發抖，」我說，「不需要發抖。來吧，我們走快點。」我又說：「你希望我走開，讓你自己一個人回鎮上嗎？」

「不，當然不。我為什麼會這麼希望？」

我決定孤注一擲。

「喂，」我說，「我明天會去查德韋市場。我，我想……不知道你明天是不是還在。我的意思是，我可不可能再見到你？」

我把頭轉開，腳在地上磨來磨去。我想我已滿臉通紅。可是如果我現在不說，以後怎麼繼續呢？

「噢，我會在，」她說，「我要到晚上才回倫敦。」

「那，也許，你願不願意……我想，這樣要求好像很厚臉皮……」

「噢，不會的。」

「那，你願不願意過來，我們去一家小咖啡館喝茶，我想它的名字是『藍狗』。那個咖啡館很不錯，」我說，「它……我的意思是，它很……」我找不到可以說的形容詞，就用我聽我媽說過一兩回的那個詞說道：「它很淑女。」

愛荔笑了。我想這種形容詞在這個年頭聽來挺特別的。

「我相信它一定是個很好的咖啡館，」她說，「好，我會來。大約四點半，可以嗎？」

「我會等你，」我說，「我……我很高興。」

我沒有說我為什麼高興。

我們來到小徑最後一個彎道，從那裡開始有住家出現。

「再見了，」我說，「明天見。還有，別再想那個老巫婆的話。我想，她只是喜歡嚇唬人。她腦筋不清楚。」我又說。

「你覺得那地方可怕嗎？」愛荔說。

「吉卜賽莊園？不，我不覺得。」

我說也許我有點太武斷，但我不認為那地方可怕。我的想法一直沒變，覺得那是個漂亮的地方，是蓋一棟漂亮房子的漂亮背景。

這就是我和愛荔初次見面的情景。第二天，我在查德韋市場的藍狗咖啡屋等她，她如約而至。我們一起喝茶聊天。我們還是沒有多談自己或我們的生活。我們聊的多半是我們的想法和感覺。接著愛荔瞄瞄手錶，說她得走了，因為開往倫敦的火車將於五點三十分啟動。

「我還以為你有部車在這裡。」我說。

她看來有點尷尬，接著她說不，昨天那部車不是她的。她沒說是什麼人的。尷尬的陰影再度籠罩著我們。我招呼服務生過來付了帳，接著開門見山地對愛荔說：「我……我會再見到你嗎？」

她沒看我，低頭看著桌子。她說：「我還會在倫敦待上兩個禮拜。」

我問：「你住哪裡？我們怎麼見面？」

我們約好三天後在攝政王公園見面。那天天氣很好。我們在露天餐廳吃了東西，然後去瑪麗女王花園散步，坐在摺疊躺椅上聊天。從那時起，我們開始談論自己。我告訴她，我受過良好的教育，不過除此之外，我毫無可取之處。我告訴她我做過的工作（其中一些），又告訴她我不喜歡固定下來，所以一直不安分地到處晃蕩，試試這試試那的。好玩的是，她聽得很入神。

「這麼不一樣，」她說，「好棒，這麼不一樣。」

「和什麼不一樣？」

「和我。」

「你是有錢人家的小姐？」我調侃她。「一個可憐的富家千金？」

「對，」她說，「我是個可憐的富家千金。」

接著她有一搭沒一搭地談到她的財富背景，她令人窒息的舒適環境和她的厭煩，不能選擇自己的朋友，從來不能做自己想做的事。總是看到別人玩得痛快開心，自己卻無從體會。她母親在她襁褓時期就過世了，父親後來另娶，沒幾年他也死了，我想她不太喜歡她的繼母。愛荔多半住在美國，不過經常到國外旅行。

她說的話在我聽來簡直不可思議，這種年紀的女孩竟然生活在這樣層層保護、處處受限的環境裡。沒錯，她也參加宴會和娛樂活動，可是聽她說的，就像是五十年前的時代似的，完全沒有親暱和趣味！她和我的生活大不相同，就像是粉筆和乳酪，風馬牛不相及。在難以想像之餘，我還有種荒謬的感覺。

「這麼說，你自己一個朋友也沒有？」我難以置信地問，「男朋友呢？」

「都是他們替我選的，」她說，語氣甚是苦澀。「每個都乏味得要命。」

「好像坐牢一樣。」我說。

「真的很像。」

「你真的沒有自己的朋友？」

「現在有了。我有葛莉塔。」

「誰是葛莉塔？」我問。

「她一開始是以互惠方式來到我們家的……不，也不算是。她教我們語言，我們提供她吃住。以前是個法國女孩，她和我們住了一年，我們和她學法語，然後是葛莉塔從德國來，我們和她學德語。葛莉塔很特別，她來了以後，什麼都不一樣了。」

「你很喜歡她？」我問。

「她幫我很多忙，」愛荔說，「她常常站在我這邊，替我安排事情，讓我能夠出去走走。她會替我編謊話。如果不是葛莉塔，我不可能離家來到吉卜賽莊園。我繼母在巴黎的時候，都是她在倫敦陪我、照顧我。如果我出門去遊歷，我就先寫好幾封信，葛莉塔每隔兩三天就寄一封給我的繼母，這樣每一封信都有倫敦的郵戳。」

「你為什麼要去吉卜賽莊園？」我問，「你去做什麼呢？」

她沒有立即回答。

「是我和葛莉塔商量好的，」她說，「她真的很棒。」接著又說：「她很會動腦筋，你知道。她常會提出很多點子。」

「葛莉塔長得怎麼樣？」我問。

「噢，葛莉塔很漂亮，」她說，「個子高䠷，一頭金髮。她什麼事都能做。」

「我想我不會喜歡她。」我說。

愛荔笑了。

「噢，你會的，我相信你一定會喜歡她；她也很聰明。」

「我不喜歡聰明的女孩，」我說，「我不喜歡個子高挑的金髮女郎。我喜歡頭髮像秋葉的嬌小女孩。」

「我想你是嫉妒葛莉塔。」愛荔說。

「也許吧。你很喜歡她，對吧？」

「沒錯，我非常喜歡她。她把我的生活變得完全不一樣。」

「原來是她建議你去那裡的。為什麼呢，我很好奇。那地方沒什麼好看的，也沒什麼事好做。我覺得這件事很神祕。」

「這是我們的祕密。」愛荔說，看起來很尷尬。

「是你和葛莉塔之間的祕密？告訴我。」

她搖頭。

「我必須保有個人的祕密。」

「你那位葛莉塔知道你來見我？」

「她知道我來見某個人，如此而已。她不問問題。她知道我很快樂。」

之後有一個星期，我沒見到愛荔。她的繼母從巴黎歸來，還有一個她稱為法蘭克姑丈的人。她說到過生日的事，像是隨口提起似的。他們要在倫敦為她舉行一個盛大的生日宴會。

「我走不開，」她說，「下星期我走不開。但是過了下星期之後，那就不同了。」

「為什麼過了下星期後就不同了？」

「我就可以做我想做的事了。」

「一如往常，在葛莉塔的協助下？」我說。

我談到葛莉塔的口氣讓愛荔失笑。她說：「你真傻，竟然會嫉妒她。總有一天你會見到她。你會喜歡她的。」

「我不喜歡愛使喚別人的女人。」我固執地說。

「你為什麼會認為她愛使喚別人？」

「從你口中所說就知道。她老是忙著安排事情。」

「她做事很有效率，」愛荔說，「把事情安排得井井有條。這也是我繼母那麼依賴她的原因。」

我問她，那個法蘭克姑丈是個什麼樣的人。

她說：「其實我和他不熟。他是我姑姑的丈夫，不是真正的親屬。我想他一直就像個滾動的石頭停不下來，還惹過幾次麻煩……你知道，就是大家在談論某個人和某些事的那種曖昧語氣。」

「為社會所不容？」我問，「是個壞胚子？」

「噢，我相信，他其實沒那麼壞，不過老是陷入窘境。財務上的窘境。信託人、律師和其他很多人不得不把他趕走，或是要他為某些事情償債。」

「這就是了，」我說，「他是你們家族中的老鼠屎。我想我和他會比和完美的葛莉塔更處得來。」

「如果他願意，他可以讓自己變得很討人喜歡，」愛荔說，「他是個很好的伴。」

「可是你其實不喜歡他？」我立刻問。

「我想我是喜歡他的。只是有時候……噢，我不會解釋。我只是覺得我不知道他在想什麼或計畫什麼。」

「他是那種老謀深算的人嗎？」

「我不知道他其實是個什麼樣的人。」愛荔又說了一遍。

她從來沒提過要我去見她的家人。有時候我不知道我是不是應該主動提起。我不知道她對這種事感受如何。我終於直接問她了。

「聽著，愛荔，」我說，「你覺不覺得我應該去見你的家人？還是你不希望我和他們見面？」

「我不希望你和他們見面。」她馬上回答。

「我知道我不太……」我說。

「我不是那個意思，絕對不是！我的意思是，他們會大驚小怪。我受不了大驚小怪。」

「有時候，」我說，「我覺得我們的交往像是偷偷摸摸，我只能在暗處。你不認為嗎？」

「我夠大了，可以自己交朋友，」愛荔說，「我快二十一歲了。等我滿二十一歲，我就可以交自己的朋友，誰也不能阻攔。可是現在，你知道……唉，如我所說，他們會很緊張，然後會把我送到別處去，讓我見不到你。他們會……噢，我們還是保持這樣吧。」

「你覺得好就好，」我說，「呃，我只是不想鬼鬼祟祟。」

「這不是鬼鬼祟祟。我只是交了一個可以聊天、可以傾吐心事的朋友。這個朋友可以……」她突然露出微笑。「可以和我一起幻想。你不知道這有多棒。」

沒錯，我們之間有太多的……幻想！我們在一起的時候，愈來愈常陷入幻想，有時候是我，而更常是愛荔在說：「假設我們買下了吉卜賽莊園，在那裡蓋了一棟房子……」

我告訴她很多有關桑托尼克的事和他蓋的房子。我努力向她描繪那些房子的模樣和他的想法。我想我描繪得不夠好，因為我並不善於形容事情。毫無疑問，對於那棟房子……我們的房子，愛荔有她自己的藍圖。我們不會說「我們的房子」，不過我們心領神會。

所以，有一個多星期我將見不到愛荔。我取出所有的存款（其實不多），買了一枚酢漿草形狀的綠色小戒指，是用愛爾蘭沼澤地的石頭做成的，送給她當作生日禮物，她很喜歡，而且顯得非常快樂。

「好漂亮。」她說。

她不太戴首飾，可是只要她一戴，一定是真正的鑽石、翡翠之類的寶石。而她喜歡我的愛爾蘭戒指。

「它會是我最喜歡的生日禮物。」她說。

後來我收到她一張匆忙之間寫的便條。等她生日一過，她就要和家人一起出國去法國南部。

「不過你別擔心，我們兩三個星期就會回來，」她寫道，「中間可能還會去美國一趟。而無論如何，我們一定還會見面。我有特別的事情要告訴你。」

得知愛荔去了法國無法再見到她，我失魂落魄，坐立難安。我得到一些吉卜賽莊園的消息。它顯然經人私下協議賣了出去，但買主是什麼人還是祕而未宣。表面上，倫敦某家律師事務所以買主的身分簽了名。我想盡辦法要得到這家公司的資料，可是拿不到。這家公司非常謹慎。當然，我找的不是核心人士。我得罪了一個辦事員，因而從他那裡得到的消息非常含糊。它是替一個很有錢的顧客買的，那個顧客認為這是一個很好的投資，等到這個地區開發之後，可以增值不少。

和一個非常排外的公司打交道很難探聽到內幕。一切都是最高機密，活像是軍事情報局之類的保密部門！每個人都代表一個名字不能明說甚至絕口不能提到的人。競標買賣就是這樣！

我陷入可怕的煩躁不安，不去想這些了，我要去看我的母親。

我已經很久沒去看她了。

06

我的母親在某一條街上已經住了二十年。那條街全是那種令人肅然起敬的房子，毫無美觀和趣味可言。前門台階刷得粉白，看來還是老樣子。我家門牌是四十六號。我按下門鈴，母親打開門，站在那裡看著我。她看起來也是老樣子，高大、骨瘦如柴，中分的白髮和像個捕鼠陷阱的嘴，還有那對永遠帶著狐疑的眼睛。她定定看著我，眼神像釘子般。可是就我所知，她內心深處藏有一股溫柔，但除非萬不得已，她絕不流露出來。那股溫柔被我發現了。她無時無刻不期望我能夠出類拔萃，可是她的期望從未實現過。我們之間從來沒處好過。

「噢，」她說，「是你。」

「對，」我說，「是我。」

她讓開幾步，讓我進去。我走進屋內，經過客廳，進入廚房。她跟在我身後，接著站在那裡看著我。

「很久不見了，」她說，「這陣子你都做了什麼？」
我聳聳肩。
「做做這個或做做那個。」我說。
「啊，」我母親說，「就像往常一樣，嗯？」
「像往常一樣。」我附和她的話。
「自從我們上回見面，你又換了幾個工作？」
我想了想，回答：「五個。」
「希望你成熟點。」
「我已經是成年人了，」我說，「我已經選定了我的生活方式。你這一向還好嗎？」我接著問了一句。
「也是老樣子。」母親說。
「身體健朗，一切如舊？」
「我沒時間生病。」母親說。
接著她突然問道：「你回來做什麼？」
「難道我一定得有事才能回來？」
「你一向如此。」
「我不懂你為什麼那麼反對我去見識這個世界。」我說。

「開著豪華轎車遊遍歐陸！你覺得這就叫作見識世界？」

「當然。」

「你這樣不會有出息的。如果你臨時扔下工作還裝病，把顧客拋在某個異邦城鎮不管，你不可能有出息。」

「你怎麼知道這個？」

「你的公司打過電話來。他們想知道我有沒有你的地址。」

「他們找我做什麼？」

「我想，是把你找回去。」我母親說，「我想不通他們為什麼還要找你。」

「因為我是個好司機，客人都喜歡我。不管怎麼說，生不生病我做不了主，對吧？」

「我不知道。」我母親說。

她顯然認為我做得了主。

「你回到英國後，為什麼不向他們報到？」

「因為我還有其他事要做。」我說。

她揚起眉毛。

「你腦子裡的點子更多了？更多瘋狂的念頭？從那之後，你又做了什麼工作？」

「替人加油、去修車廠當技工、臨時雇員、在一個爛夜總會裡洗碗。」

「事實上，你到山上去了。」我母親說，語氣透著惡毒的快感。

「不完全是，」我說，「它是我計畫的一部分……我的計畫！」

她嘆了口氣。

「你想喝什麼，茶還是咖啡？我兩樣都有。」

我選了咖啡。我已經戒了喝茶的習慣。我們相對而坐，杯子放在面前。她從罐子裡拿出自己做的蛋糕，替我們各切了一片。

「你不一樣了。」她突然說。

「我？我怎麼了？」

「我不知道，不過你不一樣了。發生了什麼事？」

「什麼也沒發生。應該發生什麼事？」

「你很興奮。」她說。

「我打算去搶銀行。」我說。

她沒心情和我說笑，只說：「不可能，你不會去做那種事。」

「為什麼？這年頭要立刻發財，這似乎是條捷徑。」

「它太費工夫，」她說，「而且需要縝密的計畫。要比你聰明的人才做得來；而且，它不夠安全。」

「你以為你對我瞭若指掌。」我說。

「不，我並不了解。我對你其實一無所知，因為我和你完全不同。可是當你有念頭蠢蠢欲動的時候，我會知道。你現在心裡就有個念頭。什麼事，邁克？是不是因為哪個女人？」

「你怎麼會認為是因為女人？」

「我知道總有一天會這樣。」

「你說『總有一天』是什麼意思？我也和許多女孩子交往過。」

「那和我現在說的不一樣。那只是一個年輕人無所事事胡混日子而已。你和許多女孩交往過，可是從來沒認真過。」

「而你認為我這次很認真？」

「是不是因為某個女孩，邁克？」

我沒迎視她的目光，而是別過頭去，口中說道：「就某個角度來說，沒錯。」

「她是什麼樣的女孩？」

「是適合我的那種。」我說。

「你會不會帶她來看我？」

「不會。」我說。

「是那回事，對吧？」

「不，不是的。我不想讓你傷心，可是……」

「你沒有讓我傷心。你不想讓我見到她，免得我會說：『不可以』，對吧？」

「就算你說不可以，我也不在乎。」

「你也許不在乎，可是你的想法會動搖，你的內心會動搖，因為你其實很在意我說的話和想法。我思考過你很多事，而且判斷得都沒錯，你自己也知道。我是這個世界上唯一能動搖你自信的人。抓住你那顆心的女孩是個壞女孩，對吧？」

「壞女孩？」我說完大笑。「要是你看到她就好了！你真把我笑死了。」

「你要我給你什麼？你想要東西，你一向如此。」

「我需要一點錢。」我說。

「你休想從我身上拿到半毛錢。你要錢做什麼？花在那個女孩身上？」

「不是，」我說，「我想買一套上等的西裝結婚時穿。」

「你打算娶她？」

「如果她肯要我的話。」

這話令她震驚。

「真希望你願意告訴我一些事，」她說，「我看得出來，你已經陷得很深了。這就是我一直擔心害怕的，怕你選錯了女人。」

「選錯女人！該死！」我大叫。

我很生氣。

我砰的一聲關上門，衝出家門。

07

我回到家，有一封電報等著我。電報是從安提拜斯拍來的：

明天四點三十分老地方見。

愛荔與平常不同，我一眼就看出來了。我們一如往常在攝政王公園見面，一開始我們都有點不自然和尷尬。我有話對她說，可是不知如何表達。我想任何一個男人在求婚的那一刻都是這樣。

她也有點不自然。也許她在思索怎樣拒絕我最好。但不知道為什麼，我不這麼認為。我對人生的信念完全建立在愛荔愛我的這個基石上。可是她身上多了一股獨立和新的自信，那是我幾乎自覺不到的，難道只因為她已經大了一歲嗎？多過一個生日對一個女孩而言不可能有這麼大的差別。她和家人去了法國南部，對於這段旅行她說了一些。接著她支支吾吾地說：「我……我看到那棟房子了，你告訴我的那棟，就是你那個建築師朋友蓋的房子。」

「什麼？桑托尼克的房子？」

「是的。有一天，我們去那裡吃午餐。」

「你是怎麼辦到的？你的繼母認識那個屋主嗎？」

「你是說迪米崔．康斯坦丁？呃，其實不認識，不過她見到了他……呃，事實上，是葛莉塔安排我們去的。」

「又是葛莉塔。」我說，聲音像往常一樣充滿惱怒。

「我告訴過你，」她說，「葛莉塔很會安排事情。」

「噢，好吧。所以她安排了你和你的繼母……」

「還有法蘭克姑丈。」愛荔說。

「好一個家庭聚會，」我說，「我想，還有葛莉塔。」

「噢，沒有，葛莉塔沒來，因為，呃……」愛荔猶豫著。「珂拉，我的繼母，對待葛莉塔不太友善。」

「她不是家族的一員，只是個窮親戚，對吧？」我說，「事實上，只是個以服務換取吃住的女孩。葛莉塔一定會因為這樣的待遇而憤憤不平。」

「她不是以服務換取吃住的女孩，她算是我的一個伴。」

「女伴，」我說，「嚮導、保母、家庭教師。很多辭彙可以形容。」

「噢，別再說了，」愛荔說，「我告訴你，關於你朋友桑托尼克，我現在知道你的意思了。那房子好棒，它……很不一樣。我看得出來，如果他替我們蓋房子，一定也會很棒。」

她不知不覺用了「我們」這兩個字。她剛去過里維拉，在葛莉塔的安排下去看了我描述的房子，因為她想更清楚地看到我們未來的房子，那棟我們在夢幻世界中由魯道夫．桑托尼克為我們建造的的房子。

「我很高興你有這種感覺。」我說。

她說：「你這幾天做了什麼事？」

「就做些單調的工作，」我說，「我參加了一個賽馬會，把錢押在一匹冷門馬上，三十比一。我把我的每一毛錢都押在那匹馬上，結果牠替我贏了一大票。誰說我運氣不好？」

「我很高興你贏了。」

愛荔說，可是語氣毫不興奮，因為把所有的錢押在一匹冷門馬上而那匹馬竟然贏了，這種事對愛荔的世界來說毫無意義。可是對我來說，意義就不同尋常。

「我還去看了我母親。」我又說。

「你從來沒提過你的母親。」

「我為什麼要提她？」我說。

「難道你不喜歡她？」

我想了想。「我不知道，」我說，「有時候，我想我是不喜歡她。人畢竟會長大，會離開父母膝下，父親母親都一樣。」

「我覺得你很在乎她，」愛荔說，「要不然提到她的時候你不會那麼猶豫。」

「就某個角度來說，我怕她，」我說，「她太了解我了。我是說，她了解我的弱點。」

「總得有人了解我們才行。」愛荔說。

「你是什麼意思？」

「某個偉大的作家還是什麼人說過一句話：『在你的貼身僕人面前，誰也不是英雄。』也許每個人都該有個貼身僕人。要不然，一直生活在別人的讚美聲中一定很辛苦。」

「噢，愛荔，你真的很有想法，」我說，執起她的手。「你了解我的一切嗎？」我說。

「我想我了解。」愛荔說，語氣冷靜而乾脆。

「我並沒有告訴你太多。」

「你的意思是，你從來就沒有告訴我任何事，你總是像蚌殼一樣，緊閉著嘴巴。這很與眾不同。不過我很了解你是個什麼樣的人……你這個人。」

「我很懷疑你是否了解我，」我說，「『我愛你』這句話聽起來很傻，而且好像說得太晚了，對吧？我的意思是，你老早就知道了，而且一開始就知道了，對吧？」

「沒錯，」愛荔說，「而你也了解我，對吧？」

「問題是，」我說，「我們該怎麼辦？這並不容易，愛荔。你很清楚我是什麼樣的人、我做的工作、我過的生活。我回去看我母親和她生活所在的那條黯淡、保守的小街道。它和你的世界不一樣，愛荔。我不知道這兩種生活怎麼可能有交集。」

「你可以帶我去看你母親。」

「沒錯，我可以帶你去，」我說，「但我寧可不要。我想這種話在你聽來很刺耳，甚至殘酷……但你知道，我們在一起必須過一種奇怪的生活，你和我。那不是你現在過的生活，也不是我的生活。它是一種新的生活，結合了我的貧窮和無知，以及你的財富、教養和社會知識。我朋友會認為你是被我騙來的，而你朋友會認為我帶不出去。所以我們該怎麼辦？」

「那我告訴你我們該怎麼辦，」愛荔說，「我們要住在吉卜賽莊園的那棟房子裡，那棟你的朋友桑托尼克替我們建造的夢幻之屋。我們就這麼做，」她又說：「我們先結婚。你的意思是這個，對吧？」

「對，」我說，「我的意思就是這樣。如果你確定這樣做沒問題的話。」

「這很容易，」愛荔說，「我們下個星期就可以結婚。你知道，我已經到了法定年齡，可以做我愛做的事了。一切都不一樣了。關於親戚，我想你可能說得對，我不告訴我的家人，你也別告訴你母親，直到一切塵埃落定。那時候就算他們大發雷霆也無所謂了。」

「太棒了，」我說，「棒極了，愛荔。可是有件事我很不想告訴你。我們不可能住在吉卜賽莊園，愛荔。不管我們在什麼地方蓋房子都不可能是那裡，因為它已經賣掉了。」

「我知道它賣掉了，」愛荔邊說邊笑。「你不懂，邁克，我就是買下它的人。」

／08

我坐在溪邊的草地上。溪旁水草花叢生，還有幾條小徑，上面鋪滿了踏腳石。我們周遭坐著很多人，可是我們沒注意他們，甚至無視於他們的存在，因為我們和他們沒兩樣——年輕的情侶，談論著未來。我凝視她良久，說不出話來。

「邁克，」她說，「有件事我要告訴你，是關於我的事。我的意思是……」

「你不必說，」我說，「什麼都不用說。」

「不，我必須說。我早該告訴你的，可是我不想，因為……因為我怕它會把你趕跑。不過就某種程度而言，它可以解釋吉卜賽莊園是怎麼回事。」

「你買了它？」我說，「但你是怎麼買到手的？」

「透過律師，」她說，「就是一般的管道。它是一項極好的投資，你知道。這塊土地以後會增值。我的律師群對這樁買賣非常滿意。」

聽到愛茘以豐富的知識和信心談論商場買賣，我突然感覺很怪異。溫柔又膽小的愛茘。

「你是為我們買的？」

「對。我去找我自己的律師——不是家族律師——我告訴他我想做什麼，要他幫我去調查。我把一切都計畫好，也安排就緒。另外還有兩個人要買這塊地，但他們並不是非買不可，不可能出很高的價錢。最重要的是，整件事情早已計畫也安排好了，等我一到法定年齡，簽名就可以生效。簽了名之後，事情就完成了。」

「可是你得先付訂金之類的。你有足夠的錢付訂金嗎？」

「沒有，」愛茘說，「沒有，我事前並沒有很多的金錢掌控權。但一定會有人肯借錢給你。你可以去找新成立的法律顧問公司，他們為了讓你在繼承應得財產後繼續雇用他們處理商業交易，會願意把錢借支給你，雖然他們得冒一個風險：你在生日之前突然倒地死掉。」

「聽起來你很有生意頭腦，」我說，「真讓我大吃一驚！」

「別管什麼生意了，」愛茘說，「我得回頭說說那件我要告訴你的事。我其實算是已經告訴你了，不過我想，你還沒有意會過來。」

「我不想知道，」我提高嗓門，幾乎是大叫。「什麼也不要告訴我！不管你做了什麼、你喜歡誰或是你出了什麼事，我都不想知道。」

「根本不是這樣，」她說，「我沒想到你是擔心這種事。不是的，絕對沒有那種事。我沒有祕密的異性朋友。除了你，沒有別人。事實上，我……我很……很有錢。」

「這我知道，」我說，「你告訴過我。」

「對，」愛荔淡淡一笑。「你還對我說，你這個可憐的富家千金。可是，其實不僅於此。你知道，我的祖父非常有錢。他因為做石油生意致富，主要是石油，還有別的。他幾個得付贍養費的太太都死了，另外兩個兒子也是，一個死於韓戰，一個死於車禍，只剩下我父親和我。他的全部財產以大筆信託基金的方式遺留下來，而當我父親驟然去世，又全部留給了我。我父親先前已經為我繼母預留了一筆錢，所以她沒有多得到任何財產。財產全部都是我的，我……事實上，我是美國最有錢的女人之一，邁克。」

「老天，」我說，「我不知道……沒錯，你想得對。我並不知道是這麼回事。」

「我不想讓你知道，我不想告訴你。這就是為什麼我很怕說出我的名字——芬妮拉．古德曼。其實是古特曼才對，可是我想你可能知道古特曼這個姓氏，所以我故意含糊其辭，說成了古德曼。」

「沒錯，」我說，「我好像曾經看過古特曼這個姓氏。不過即使你當時告訴了我，我也不知道。很多人的姓氏都和這個很像。」

「這就是為什麼我一直與世隔絕，」她說，「就像坐牢。我有偵探保護，男孩子連和我說話都要受到嚴格審查。不管我交了什麼朋友，他們都要確定這人適不適合做我朋友。你不知道這有多可怕，是多麼可怕的牢獄生活！但現在，一切都過去了，而如果你不介意……」

「我當然不介意，」我說，「我們會很快樂。事實上，你愈有錢我愈高興！」

我們都笑了。她說，「我喜歡你，是因為你什麼事都自然以對。」

「除此之外，」我說，「我想你得繳付很多的稅，對吧？這是我這種窮人的諸多好處之一。我賺的每一毛錢都進了我的腰包，誰也拿不走。」

「我們會擁有自己的房子，」愛荔說，「蓋在吉卜賽莊園的房子。」

這時候她突然微微顫抖。

「你不冷吧，親愛的？」我說，一面抬頭看看陽光。

「不冷。」她說。

天氣其實非常熱。我們簡直是在烤太陽，彷彿置身於法國南部。

「我不冷，」愛荔說，「只是，那個女人，那天那個吉卜賽人……」

「噢，別去想她。」我說，「她一定是瘋了。」

「你想她是真的認為那塊地被下過詛咒嗎？」

「我想吉卜賽人就是那樣。你知道，總是為某些詛咒之類的東西又歌又舞。」

「你了解吉卜賽人嗎？」

「一無所知，」我說的是真話。「愛荔，若你不想住在吉卜賽莊園，我們可到其他地方買房子。威爾斯山巔、西班牙海岸、義大利山邊。桑托尼克同樣能在那裡為我們蓋房子。」

「不，」愛荔說，「我就是要它。就在那個地方，我第一次看到你沿著小徑走來，突然出現在拐彎處，然後你看見了我，停下腳步望著我。我永遠也不會忘記。」

「我也是。」我說。

「所以，房子一定要蓋在那裡，由你的朋友桑托尼克來蓋。」

「我希望他還活著，」我說，語氣帶著心痛和不安。「他有病。」

「噢，他還活著，」愛荔說，「真的，我去看過他。」

「你去看過他？」

「是的，就是我去法國南部的時候。他住在當地一家療養院裡。」

「愛荔，你愈來愈令我刮目相看了。你做事真是面面俱到。」

「我想，他是個很棒的人，」愛荔說，「不過也很嚇人。」

「他嚇著你了？」

「是的。不知為什麼，他讓我感到非常害怕。」

「你有對他提到我們？」

「有，沒錯，我是提了。我把我們的事都告訴了他，包括吉卜賽莊園和那棟房子。他告訴我，我們得在他身上賭一賭。他病得很厲害。他認為他還有時間去看那個地方，為它設計、構圖，把所有的藍圖都繪製出來。他說他如果在房子完工前就死了，他也不會在意。可是我告訴他，」愛荔繼續說。「房子完工前他不能死，因為我要他眼看著我們住進去。」

「那他怎麼說？」

「他問我決定嫁給你是不是腦筋清醒，我說當然是。」

「然後呢？」

「他說他不知道你是不是清醒。」

「我當然知道我在做什麼。」我說。

「他說：『古特曼小姐，你一向很清楚你要走的路，』他又說：『你走的路都是你想走的，因為那是你的選擇。可是邁克，』他說：『可能會走錯路。他還不夠成熟，不知道該走什麼路才對。』我告訴他，」愛荔說，「『他和我在一起會很安全』。」

她有高度的自信。不過我對桑托尼克說的話非常生氣。他就像我母親，永遠比我自己更了解我。

「我知道要走什麼路，」我說，「我要走的路就是我想去的地方，而且我們要一起去。」

「他們已經開始拆除塔城那個廢屋了。」愛荔說。

她的語氣開始就事論事。「等到藍圖完成，建屋的工作就要快馬加鞭了。我們得趕快。桑托尼克說的。我們下星期二就結婚好嗎？」愛荔說，「那是那個星期的良辰吉日。」

「婚禮不能有其他人。」我說。

「除了葛莉塔。」愛荔說。

「去他的葛莉塔！」我說，「我不要她來參加我們的婚禮。只有你和我，其他都不要。如果需要證人，我們就從街上拉幾個來。」

我真的認為，回首過去，那是我今生今世最幸福的一天……

第二部

Endless Night

09

就這樣，愛荔和我結婚了。這麼說來似乎突兀，但它確實就是這樣。我們決定要結婚，結果就結婚了。

它是這整件事的一部分，不只是愛情小說或神話故事的結局：「他們結了婚，從此過著幸福快樂的日子。」畢竟，在「從此過著幸福快樂的日子」之後，很難有值得大書特書的事情。我們結婚了，兩人都很快樂，而且過了很長一段時間，才有人發現了我們的祕密，於是開始對我們百般刁難，大加指責。對此我們已經有所準備。

整件事情其實簡單得不能再簡單。出於對自由的渴望，先前愛荔一直把自己的行蹤掩飾得很好。能幹的葛莉塔不但採取了所有必要的措施，而且時時替她把風示警。我不久就察覺到，其實沒有人真正關心愛荔和她做的事。她的繼母把所有的精力都投注在社交應酬和男女感情上。如果愛荔不願陪她去地球的某個地方，大可不用去。愛荔有稱職的保母和女僕，也有一等一的好頭腦，如果她想去歐洲，有何不可？同樣的，如果她決定在倫敦舉辦她二十一歲的生日宴會，也沒什麼不可以。如今龐大的財產盡在她的掌握之中，她的家人再也無法在花費上對她有所限制。如果她想要里維拉的別墅、科斯塔布拉瓦的城堡或一艘遊艇之類的，只要開口說一聲，那幫成天圍著百萬富翁打轉的隨從，自然會把事情辦得妥妥當當。

我想，葛莉塔在她家人眼裡應該是最得力的助手。她精明能幹，能以最高效率做好各種安排，而對愛荔那個似乎總在世界各地遊蕩的繼母、姑丈和幾個表親又可以唯命是從，很得歡心。從愛荔不經意的談話中，我知道她至少有三個律師。她是一個偌大金融網絡的核心，周遭淨是銀行家、律師群和信託基金管理人。對於那個世界我才初窺堂奧，而我的一知半解多半來自愛荔不經意中對我說的一言半語。她當然不會想到，我對這些事務根本一無所知。她從小浸淫其中，耳濡目染，理所當然認為每個人都會懂那些東西，也知道如何運作。

事實上，窺及對方生活中一些和自己以往生活截然不同之處，竟意外地成為我們新婚期間最快樂的事情。用赤裸裸的語言說——我對自己就是用這樣赤裸裸的語言，因為唯有如此，我才能和我的新生活相安無事——窮人真的不了解富人的生活，富人也真的不知道窮人怎麼過日子；所以發現對方的生活原來是這麼回事，雙方都會興奮不已。有一次，我帶著不安問道：「愛荔，他們會不會因此大發雷霆……我的意思是，對於我們的婚姻？」

愛荔想了想。我注意到，她想得不很認真。

「嗯，會，」她說，「他們很可能會出現很惡劣的態度，」隨後她又說：「希望你不會太在意。」

「我不會在意。我為什麼要在意？可是你呢？他們會不會因此對你加以威嚇？」

「我想會，」愛荔說，「但我不必聽他們的。重點是，他們毫無辦法可想。」

「可是他們會試著想些辦法？」

「對，他們會，」她若有所思地又加上一句：「他們可能會用錢打發你。」

「用錢打發我？」

「別那麼吃驚，」愛荔說完，露出微笑，是那種快樂小女孩的微笑。「他們其實不稱它為『打發』。」她又說：「你知道，明妮．湯普森的第一任丈夫就是用錢給打發走的。」

「明妮．湯普森？就是被稱為石油大王的女繼承人那個？」

「是的，就是她。她跑去嫁給一個海濱浴場的救生員。」

「噢，愛荔，」我不安地說，「我曾經在小漢普頓當過救生員。」

「噢，真的？好好玩！那是固定工作嗎？」

「不是，當然不是。我只當了一個夏天，僅此而已。」

「我希望你不要擔心。」愛荔說。

「明妮．湯普森後來怎樣了？」

「我想，他們最後把錢提高到美金二十萬，」愛荔回答，「因為少一毛他都不肯。明妮是花癡，其實腦子也少根筋。」

「你真讓我吃驚，愛荔，」我說，「我不但得到一個妻子，還擁有一個隨時可以用來交換白花花鈔票的珍寶。」

「沒錯，」愛荔應道，「找個能幹的名律師，坦白告訴他你準備這麼做，他就會把離婚辦好，包括贍養費的數目，」愛荔繼續對我授課。「我的繼母結過四次婚，光靠離婚就賺了不少錢，」她又說：「噢，邁克，別一副震驚的樣子好不好。」

奇怪的是，我確實很震驚。我對現代社會上層階級的腐化感到不屑，自覺高出他們一等。愛荔身上有種小女孩的氣質，她是如此單純而動人，所以當我發現她對這些俗務出乎尋常地世故而且處之泰然的時候，我真的很驚訝。不過，我知道自己對她的本性並沒有看錯。我很清楚愛荔是個什麼樣的人。她單純、善良，天生就很貼心。這並不表示她對世事一無所知。她深諳和接受的，只是人性中有限的一小部分。她對我的世界了解不多。在這個世界裡，有人辛辛苦苦找工作而到處碰壁，有人以賭馬為生、和販毒幫派掛鉤，有的生活舉步維艱，還有那些我從小就熟知、性情暴戾的各種危險人物。她不知道有個母親決心要讓兒子出人頭地，於是拚命工作，幾乎磨穿十指，可是這個被盡心養大的兒子卻每每阮囊羞澀。她不知道那個母親挖空心思去賺錢並且省下每一分錢，卻得眼睜睜看著那個不知憂慮為何物的兒子浪擲良機或是把所有的錢隨便押在一匹賽馬上。她不可能知道這個母親的心情。所有這些，愛荔都不了解。

她喜歡聽我談我的生活，就像我喜歡聽她談她的生活一樣。我們兩人都像在異邦探險。

回首過往，我才領悟到那段時光真是快樂無比，那段和愛荔新婚的時光。而當時我只覺得理所當然，她也是。我們是在普利茅斯的婚姻註冊處登記結婚的。古特曼這個姓氏並不罕見，沒有人（包括記者）知道古特曼家族的女繼承人在英國。報上偶爾會有幾段關於她的含糊報導，說她正在義大利或是某人的遊艇上。我們的結婚儀式由負責登記的先生主持，他的祕書和一個中年打字員就是證婚人。他正經八百地對我們說教，大談婚姻的責任與義務，最後祝我們幸福快樂。接著我們走出註冊處，自由自在，而且成了夫妻。邁克．羅傑斯先生和他的夫人！我們在一家海濱旅館住了一個星期就離開了英國。一連三週，我們隨心所欲地在各地遊歷，花錢不遺餘力。

我們去了希臘、義大利翡冷翠和威尼斯的海濱浴場，然後是法國的里維拉，後來又去了多洛米蒂山[1]。那些地名我已經忘了大半。我們搭飛機或是租遊艇，要不就是租又大又漂亮的禮賓車。而在我們盡情遊玩的同時，從愛荔的語氣聽來，我想葛莉塔依舊留守後方，處理雜務。

她也在四方遊歷，只是方式不同：把愛荔留給她的各種明信片和信件轉寄出去。

「當然，總有一天會真相大白，」愛荔說，「到時候他們會像一群禿鷹，從天而降，罩住我們。我們不妨在他們發現之前盡情地遊玩。」

「那葛莉塔呢？」我問，「等他們獲知真相，難道不會對她生氣嗎？」

「噢，當然會，」愛荔回答，「只是葛莉塔不會介意。她很堅強。」

「那她會不會不容易找到新工作？」

「她為什麼要找新工作？」愛荔問，「她會搬來和我們一起生活。」

「不！」我說。

「你說『不』是什麼意思，邁克？」

「我不希望有任何人和我們一同生活。」我說。

「葛莉塔不會妨礙我們的，」愛荔說，「她能幫我們很多忙。說真的，沒有她我真不知如何是好。我的意思是，她可以管好任何事，把一切都安排好。」

我皺起眉頭。

「我還是不喜歡。再說，我們要的是屬於我們兩個人的家……我們的夢中家園。總而言之，愛荔，我們不要別人打擾。」

「是的，」愛荔說，「我知道你的意思。可是，話說回來，」她猶豫片刻，接著又說：「我的意思是，如果葛莉塔沒有安身之處，她會很難過。再怎麼說，這四年來她一直跟在我身邊，替我安排各種事情。想想看，她在結婚這件事上幫了我多大的忙。」

「我不希望她在我們中間當個永遠的電燈泡。」

1 多洛米蒂山（Dolomites），阿爾卑斯山的一部分，位於義大利北部。

「可是她根本不是那樣的人，邁克，你還沒見過她呢！」

「沒錯，我知道我沒見過她，可是……可是這和她是什麼樣的人一點關係也沒有。愛荔，我要的是兩人世界。」

「親愛的邁克！」愛荔柔聲說。

我們當下就把那個問題拋諸腦後。

旅遊途中，我們見到了桑托尼克。那是在希臘。他住在海邊一間漁夫小茅舍裡。我驚訝地發現，他的病容比我一年前見到時更加嚴重。他熱情地招呼愛荔和我。

「看來你們成功了，兩位。」他說。

「是的，」愛荔說，「現在，我們可以蓋房子了，對吧？」

「我已經把草圖繪出來了，你看，」他對我說，「她對你說過吧？她到這裡來找我，同時讓我知道她的……命令。」他字斟句酌地說。

「噢，才不是命令！」愛荔說，「我只是懇求他。」

「你知道我們買下了那塊地？」我問。

「愛荔打電報告訴我的。她還寄給我幾十張照片。」

「當然你得先親自去看看，」愛荔說，「說不定你不喜歡那塊地。」

「我很喜歡。」

「你沒親眼看見怎麼知道？」

「但我已經去看過了。我是五天前搭飛機去的。我還在那裡碰到你那個臉很瘦的律師，那個英國人。」

「克勞福先生？」

「就是他。事實上，工程已經開始了：清理地面、拆掉舊房子的廢墟、打地基、安裝下水道。等你們回到英國，我會在那裡恭候。」

他取出他的設計圖，我們坐下邊談邊看，看那一棟我們未來的房子。除了建築結構和布局外，他還大略畫了一張水彩素描。

「你喜歡嗎，邁克？」

我深深吸了一口氣。

「喜歡，」我說，「就是這樣，和我想像的一模一樣。」

「你說了不只一遍，邁克。有時候我會胡思亂想，覺得那塊地好像對你施了咒。你愛上的是一棟你可能永遠不會擁有、永遠不會見到、也永遠不會蓋成的房子。」

「可是它會被蓋成，」愛荔說，「它就要蓋起來了，不是嗎？」

「如果上帝或魔鬼希望的話，」桑托尼克說，「它的決定權並不在我。」

「你的病……完全沒有起色？」我問，語氣充滿懷疑。

「你的笨腦子給我記住：我永遠不會有起色。絕對不可能。」

「胡說，」我說，「現在不斷有新藥發明問世。醫生往往悲觀又殘忍。他們老是放棄病人，斷言他必死無疑，而病人則是置之一笑，繼續又活上五十年。」

「我喜歡你的樂觀，邁克，但我不是那種病。他們帶我到醫院去換血，回來就可以苟延殘喘一陣子，多活一點時間。我不停換血，也愈來愈虛弱。」

「你真勇敢。」愛荔說。

「噢，不，我並不勇敢。如果你非這麼做不可，那根本就沒有勇敢可言。你唯一能做的，是替自己找尋慰藉。」

「蓋房子？」

「不，蓋房子不是。你知道，隨著活力日減一日，蓋房子變得愈來愈難，而不是愈來愈容易。你的精力慢慢消失了。不，不是蓋房子。不過，慰藉還是有的。有時候是很詭異的慰藉。」

「我不懂。」我對他說。

「沒錯，你不會懂，邁克。我不知道愛荔懂不懂。說不定她懂，」他繼續說道，與其說是對我們說，不如說是自言自語。「世界上有兩種東西並駕齊驅，互為消長，那就是：強與弱。生命力逐漸消逝是弱，內心的挫折力量就變強了。無論你現在做什麼、看到什麼，全都無關緊要。人難免一死，所以你盡可以去做你想做的事。沒有東西攔得住你，也沒有東西拉得住你。我可以走在雅典的街道上，把我看不順眼的男人女人全部用槍打死。想想吧。」

「警察會立刻逮捕你。」我指出。

「他們當然可以逮捕我。可是他們能怎麼辦？頂多要我的命。而過不了多久，我的命就會被一種比法律更強大的力量取走。他們還能怎麼樣？讓我坐二十年或三十年的牢？很諷刺，對吧？我根本沒有二、三十年可服刑。半年、一年，一年半頂多。誰都對我無可奈何。所以，在我剩餘的這段時間裡，我就是老大，可以隨心所欲。有時候，這種念頭很令我興奮。只是，你知道，要我那樣做的誘因並不大，因為我想做的都不是什麼驚世駭俗或目無法紀的事。」

我們向他告辭後，在開車回雅典的路上，愛荔對我說：「他是個怪人。你知道，有時候我很怕他。」

「怕他？怕魯道夫．桑托尼克？為什麼？」

「因為他和別人不一樣，也因為他——我不知道這麼說對不對——身上流露出的冷酷和狂傲。我覺得他其實是在告訴我們，就是因為他知道自己不久於人世，所以才變得更加狂傲。要是……」愛荔邊說邊深深望著我，神情專注而激動。「設想一下，他為我們蓋好了那座可愛的城堡，那棟我們在松林深處懸崖邊建造的房子，而我們正要搬進去住。他站在門口歡迎我們進入，然後……」

「然後什麼，愛荔？」

「然後他跟在我們後面進來，慢慢關上門，當下就在門口把我們解決掉……割斷我們喉嚨或是什麼的。」

「你嚇著我了，愛荔。你怎麼會這麼想！」

「邁克，你和我的問題，在於我們並不是活在現實世界中。我們天馬行空的夢想也許永遠不會實現。」

「別把死亡和吉卜賽莊園聯想在一起。」

「我想，都是因為那個名字，還有它帶有的詛咒。」

「沒有什麼詛咒，」我大吼，「全是胡說八道！別再想了。」

當時我們在希臘。

10

我記得，那是之後的第二天。我們在雅典。突然，在雅典衛城的台階上，愛荔遇到了她認識的人。那些人是搭乘「古希臘號」遊輪過來的，在雅典登陸參觀。一個年約三十五歲的女人從旅遊團中脫隊而出，一面衝下台階向愛荔跑來，一面高聲叫道：「嗨，真想不到，真的是你嗎，愛荔．古特曼？你怎麼會在這裡？我一點也沒想到。你是坐遊輪來的嗎？」

「不是，」愛荔說，「我只是在這裡小住。」

「噢，不過見到你真高興。珂拉好嗎？她也來了嗎？」

「沒有。我想珂拉現在正在薩茨堡。」

「噢，這樣啊，」她的目光轉到我身上。愛荔靜靜地說，「容我為兩位介紹。這位是羅傑斯先生，這位是班寧頓夫人。」

「幸會。你打算在這裡待多久？」

「我明天就離開了。」愛荔說。

「噢。老天，再不走我就找不到他們了，而且我不想錯過任何講解和說明。你知道，他們的行程實在有點緊。每天結束的時候我都累得半死。我們可不可能見個面喝點東西？」

「今天不行，」愛荔說，「我們要去遊覽。」

班寧頓夫人急急追趕她的旅伴去了。原本和我一起順著雅典衛城台階而上的愛荔，這時候轉過身子往下走。

「這表示大局已定，對吧？」她對我說。

「什麼大局？」

過了一兩分鐘，她才嘆口氣回答我：「我今晚非寫信不可了。」

「寫信給誰？」

「噢，給珂拉、法蘭克姑丈，我想還有安德魯叔叔。」

「誰是安德魯叔叔？我沒聽過這個名字。」

「安德魯．李平柯。其實他並不是我的叔叔。他是我的第一監護人，或是託管人，隨你怎麼稱呼。他是個律師，很有名的。」

「你要怎麼說？」

「我準備告訴他們，我結婚了。我不能突如其來地對諾拉．班寧頓說：『容我介紹我的丈夫。』她一定會大呼小叫，直嚷嚷：『我從沒聽說你結婚了。親愛的，快告訴我』等等一大堆的。我的繼母、法蘭克姑丈和安德魯叔叔應該是最先知道的人。」她又嘆了口氣。

「唉，我們的快樂時光要結束了。」

「他們會說什麼或做什麼嗎？」我問。

「我想，會小題大做一番。」愛荔回答，依舊一派冷靜。「希望他們腦筋夠清楚，就算小題大做也改變不了什麼。我想，我們必須見面了。我們可以去紐約，你覺得怎麼樣？」她用詢問的眼神望著我。

「不要，」我說，「我一點也不想去。」

「那就要他們來倫敦，他們有些人或許會來。你覺得這樣比較好嗎？」

「我都不想。我只想和你一起等桑托尼克到來，然後看著我們的房子一磚一瓦地蓋起來。」

「我們還是可以這麼做，」愛荔說，「再怎麼說，和我的家人見面不會占用太多時間。說不定大肆吵鬧一頓就夠了，從此一勞永逸。反正不是我們飛過去，就是他們飛過來。」

「我記得你說你的繼母在薩茨堡。」

「噢，我是隨口說的。如果我說我不知道她在哪裡，聽起來很怪。好吧，」愛荔邊嘆氣邊說，「我們飛回美國去見他們。邁克，我希望你別太在意。」

「在意什麼？你的家人？」

「沒錯。如果他們對你惡形惡狀，你不要介意。」

「我想這是娶你必須付出的代價，」我說，「我會忍著。」

「還有你母親。」愛荔若有所思地說。

「看在老天的份上，愛荔，你可別想安排你那個趾高氣揚、珠光寶氣的繼母和我寒酸出身的母親見面。你想她們會有什麼話聊？」

「如果珂拉是我的親生母親，她們可能會有很多可以聊，」愛荔說，「邁克，我希望你不要這麼執著於社會階層的差異。」

「我？」我無法置信地大叫。「你們美國人不是這麼說的……出身寒微，不是嗎？」

「你不必把它寫在一個牌子上還隨時掛在身上。」

「我不懂得穿衣服，」我挖苦地說，「也不懂得說話，對於繪畫、藝術和音樂根本一竅不通。我才剛學會該給什麼人小費，該給多少。」

「邁克，難道你不覺得就是因為如此，你的生活才變得如此有趣？我是這麼認為。」

「不管怎麼說，」我說，「你不能把我母親拖去參加你們的家族聚會。」

「我無意把任何人拖進任何事情裡，可是邁克，我認為我們回到英國後，我應該去探望你的母親。」

「不要！」我爆出一句回答。

她很驚訝地看著我。

「可是，邁克，為什麼不要？我的意思是，姑且不論別的，我不去看她是非常沒有禮貌的。你告訴她你結婚了嗎？」

「還沒有。」

「為什麼？」

我沒回答。

「只要告訴她你結婚了，等我們回到英國就帶我去見她，這樣不是很簡單嗎？」

「不要！」

我又說了一次。這一回我的聲音沒那麼大，不過口氣依然很硬。

「你不希望我見到她。」愛荔緩緩說了一句。

我當然不希望。我的不情願極其明顯，可是我實在不願解釋……我不知道該如何解釋。

「這樣做不好，」我久久才說道，「你一定看得出來。我相信這麼做只會帶來麻煩。」

「你覺得她會不喜歡我？」

「沒人會不喜歡你，可是……噢，我不知道該怎麼說才好。她可能會感到失望和苦惱。呃，再怎麼說，我是在門不當戶不對的情況下結婚的……這是句老話，她不希望這樣。」

愛荔緩緩搖搖頭。

「現在真的還有人有這種想法嗎？」

「當然。在美國也一樣。」

「沒錯，」她說，「就某種角度而言是沒錯，不過，如果有人因此而有所作為……」

「你的意思是，如果這個人後來賺了很多錢？」

「呃，不單是錢。」

「沒錯，」我說，「就是錢。如果一個人賺了很多錢，他會受人景仰，得到尊敬，那時候出身就無關緊要了。」

「呃，什麼地方都是這樣。」愛荔說。

「求求你，愛荔，」我說，「請你不要去看我母親。」

「我還是覺得這樣不禮貌。」

「不會的。難道你不相信我最了解我母親嗎？我知道怎樣對我母親最好。她會很生氣，我不騙你。」

「可是你必須告訴她你已經結婚了。」

「好，」我答道，「我會的。」

我想到，從國外寫信告訴她比較容易。那天晚上，愛荔寫信給她的安德魯叔叔、法蘭克姑丈和繼母珂拉．范．史達薇珊，我也在寫信。信很短。

「親愛的母親，」我這麼寫著，「我早該告訴您，只是覺得有點難以啟齒。我已於三週前完婚。事情發生得很突然。她是個很漂亮的女孩，非常溫柔。她非常有錢，有時候讓我有點難堪。我們準備在鄉下蓋一棟房子。目前我們正在歐洲旅遊。祝您一切安好，您的兒子邁克敬上。」

信。

那天晚上的信寄出之後，反應很不一樣。我母親一星期後才寄來一封很能表現她個性的

「親愛的邁克，很高興收到你的信。我希望你們會很幸福。愛你的母親。」

而一如愛荔所料，她家人的反應就複雜多了。我們像是捅了蜂窩，惹來很多麻煩。我們不時遭到大群新聞記者的圍攻，希望報導我們的浪漫婚姻。報上連篇累牘，都是古特曼家族女繼承人的生平和她浪漫的私奔經過。銀行家和律師也紛紛來信。終於，我們安排了正式的會面。我們在吉卜賽莊園和桑托尼克碰了面，共同討論建屋計畫，眼見正式施工後，我們才飛去倫敦，住在克拉里奇飯店的一間套房裡，準備接受檢閱。

第一個到來的是安德魯．李平柯先生。他年事已高，臉龐乾瘦而稜角分明，身材又高又瘦，舉止溫文爾雅。他是波士頓人，但從他的口音裡我聽不出他是美國人。經過電話聯繫，他於正午十二點來看我們。我看得出來，愛荔很緊張，雖然她掩飾得很好。

李平柯先生親了親愛荔的臉頰，接著對我伸出手，露出和悅的笑容。

「噢，我親愛的愛荔，你看來真漂亮，可說是有如花朵綻放。」

「你好嗎，安德魯叔叔？你是怎麼來的？搭飛機嗎？」

「不是，我是搭乘『瑪麗女王號』渡海而來，旅途非常愉快。這位就是你的夫婿？」

「是的，他就是邁克。」

我表現得很得體，至少我自認為如此。「你好，先生。」我說。接著我問他要不要喝點

什麼，他婉謝了。他在一張鍍金扶手的直背椅上坐下，面上依然帶著微笑，看看愛荔又看看我。

「嗯，」他說，「你們年輕人可真會製造驚嚇。很浪漫，對吧？」

「對不起，」愛荔說，「我真的很抱歉。」

「是嗎？」李平柯先生說，語氣帶著嘲諷。

「我想這樣最好。」愛荔說。

「親愛的，我和你的看法不大相同。」

「安德魯叔叔，」愛荔說，「你非常清楚，如果我不這麼做，事情會驚天動地。」

「為什麼會驚天動地？」

「你知道他們的個性，」愛荔說，「你也一樣。」她又說，語氣裡透著責怪。接著她又說：

「我收到珂拉兩封信。昨天一封，今天上午一封。」

「你可別太認真，親愛的。他們的焦慮很自然，你不認為嗎？」

「我要嫁給誰、怎麼結婚、去哪裡結婚，全都是我自己的事。」

「你或許是這麼想，不過你會發現，任何家庭的女主人都不會同意你的看法。」

「其實我替大家省去了不少麻煩。」

「你可以這麼說。」

「確實如此，難道不是嗎？」

「可是你也做了不少欺瞞的事……在某個明知不該幫你做出這種事的人的協助下，不是嗎？」

愛荔臉紅了。

「你是指葛莉塔？她只是照我的要求去做。他們都很氣她嗎？」

「當然。她和你都料到結果一定會這樣，不是嗎？別忘了，她深受我們的信任。」

「我已經成年了。我可以做我想做的事。」

「我說的是你成年之前。欺瞞從那時就已經開始了，不是嗎？」

「請不要責怪愛荔，先生，」我插嘴道，「一開始我對這些事也一無所知，更何況她的親戚都在異國，要和他們聯繫並不容易。」

「據我所知，」李平柯先生繼續說，「葛莉塔曾經在愛荔的要求下寄過一些信件和資料給范．史達薇珊夫人和我。而她的表現，容我這麼說，簡直是天衣無縫。你見過葛莉塔．安德森嗎，邁克？既然你是愛荔的夫婿，我可以叫你邁克吧？」

「當然可以，」我說，「就請叫我邁克。沒有，我還沒見過安德森小姐……」

「真的？這倒讓我很意外，」他若有所思地看著我良久。「我還以為她會參加你們的婚禮。」

「沒有，葛莉塔沒去。」愛荔說。她帶著責備的目光瞄我一眼，我不安地躲開了。

李平柯先生的目光依舊若有所思地停駐在我身上。他讓我渾身不自在。他似乎想說些什麼，不過沒有說出口。

「我恐怕，」片刻後他說，「你們兩個，邁克和愛荔，必須承受來自愛荔家族的一些責難。」

「我想那些責難會鋪天蓋地而來。」

「很可能，」李平柯先生說。「我已經鋪好路了。」他又加了一句。

「你會站在我們這邊，對吧，安德魯叔叔？」愛荔微笑著對他說。

「對一個明哲保身的律師做這樣的要求未免過分。我已經學到，接受生命中既成的現實比較明智。你們兩情相悅，也結了婚，而且……據我了解，愛荔，你在英國南部買了一塊地，也已經開始動工蓋房子。這麼看來，你是想住在英國？」

「是的，我們想在那裡安家落戶。你反對我們這麼做嗎？」我的口氣透著一絲惱怒。「愛荔嫁給了我，她是大不列顛的子民。為什麼我們不該住在英國？」

「沒有理由。事實上，沒有任何理由能阻止芬妮拉在她選擇的國家居住，其實她不只在一個國家有產業。拿索[2]那棟房子屬於你，愛荔，你要記住。」

「我一直以為那是珂拉的。她總是表現出那房子是屬於她的態勢。」

「不過實際的產權是在你名下。長島的房子也是你的，你隨時都可以去。你還是西部許多油田的所有人。」

他的聲音溫和可親，可是我有種感覺，這些話好像是衝著我說的。他是在我和愛荔之間挑撥離間嗎？我不確定。他為什麼要對一個一文不名可是擁有一個產業遍及全球、富有到無法想像的妻子的男人說這些話？這似乎沒有道理。而如果他真想試探我，那他不如說出愛荔控制的產權、現金支配權等等。如果我真是他顯然認為的獵金男，那麼那些才是對我有利的東西。不過，我感覺李平柯先生是個難以捉摸的人，你很難知道他真正的目的是什麼。他和善可親的態度背後究竟藏著什麼念頭？難道他是在以自己的方式試圖讓我不安，讓我感覺我會被公然貼上「獵金男」的標籤？他對愛荔說：「愛荔，我帶了一些法律文件，需要你和我一同商議。其中很多都需要你親筆簽名。」

「當然沒問題，安德魯叔叔，隨時都可以。」

「一如你所說，隨時都可以。這事不急。我在倫敦還有其他業務要處理，會在這裡待上十天左右。」

十天，我暗忖，時間不短。我很希望李平柯先生不要在這裡待上十天。雖然他對我表現得很友善，表示他對我某些方面的評斷有所保留，但我還是忍不住要懷疑，他究竟是不是我的敵人。如果是，他不是那種明裡來明裡去的人。

「好吧，」他又說，「我們已經見了面，對未來可以說也有了共識，我想和你這位夫婿

2　拿索（Nassau），巴哈馬群島首都。

單獨談幾句話。」

愛荔說：「你可以和我們一起談。」

她高舉盾牌。我把手放在她肩頭。

「別發火，寶貝，你又不是保護小雞的母雞，」我溫柔地將她推向通往臥室的門。「安德魯叔叔是要掂掂我有多少斤兩，」我對她說，「他有權這麼做。」

我輕輕將她推進隔著兩道房門的臥室，隨後把兩扇門都關好，轉過身來。客廳很大很漂亮。我回來落了座，和李平柯先生四目相對。

「好了，」我說，「有話請說。」

「謝謝你，邁克，」他說，「首先，我要向你保證，我絕對不是你的敵人。」

「噢，」我說，「很高興聽你這麼說。」不過我的聲音沒那麼確定。

「我不妨坦白告訴你，」李平柯先生說，「即使對我那位受我監護又深為喜愛的愛荔，我也不可能更坦白。邁克，你可能還沒有充分體會到，愛荔是個不同於一般的女孩，她非常甜蜜而可愛。」

「你別擔心，我真的很愛她。」

「這是兩碼子事，」李平柯先生帶著他一貫的嘲諷口氣說道，「我希望你在愛她的同時，也能體會到她有多珍貴，有時候又是多麼脆弱。」

「我會努力，」我說，「我想這很容易做到。愛荔，她出類拔萃。」

「那我就繼續說我要說的。我以最大的坦白，打開天窗說亮話。你不是我希望愛荔結婚的那種對象。我原本希望，一如她的家人的希望，是她嫁個和她生活環境、階層相當的人……」

「換句話說，一個紈袴子弟。」我說。

「不，不只如此。在我看來，類似的家庭背景是美滿婚姻的良好基礎。我並不是指那種眼高於頂的勢利眼。再怎麼說，她的祖父赫曼．古特曼也是以碼頭工人起家，到頭來卻成了美國最有錢的富豪之一。」

「說不定我也會，」我說，「我有可能成為英國最有錢的富豪之一。」

「任何事情都有可能，」李平柯先生說，「你有這方面的雄心嗎？」

「不僅是錢財，」我說，「我很想……很想有所成就，做出一番事業，而且……」我躊躇著，沒有說下去。

「你有雄心，我們可以這麼說吧？噢，這是非常好的事，毫無疑問。」

「我才剛起步，」我說，「從零開始。我是個無名小輩，而我不會假裝自己是重要人物。」

他點頭表示讚許。

「說得坦誠，也說得好。我很欣賞這句話。邁克，我和愛荔沒有親屬關係，可是我是她的監護人。我受她祖父的委託監護她，替她管理財產和投資事宜，因此我自認對她和她的財產負有責任。這就是為什麼我要了解她選擇的丈夫。」

「噢，」我說，「你盡可以向我發問，這樣想知道什麼很容易就可以知道。」

「的確如此，」李平柯先生說，「我是可以這麼做。不過說實話，邁克，我想聽你親口述說你的一切。我想聽聽你到目前為止的生活狀況。」

我當然不想說。我相信他知道我不想說。任何和我同樣處境的人都不可能願意。展現自己最好的那一面，是人的第二天性。我從開始上學就一直這樣。我會自吹自擂，虛構故事，把事實加油添醋。我並不感覺羞恥。我想這是天性，是最自然不過的事。我想，如果你想有所成就，你就得這麼做，把自己說得好一些。別人對你的看法源於你對自己的評價。我不想成為狄更斯筆下的那個傢伙。電視上演過這齣戲。我必須承認，故事寫得挺好的。那人叫尤賴亞還是什麼名字，總是一派謙卑地搓著手，事實上卻暗自盤算耍心機。我不想和他一樣。

我可以對遇到的人信口吹噓，或是對未來的雇主大談輝煌的經歷。人畢竟都有好的一面和壞的一面，一再強調自己壞的一面沒有任何好處。沒錯，到目前為止，我一直在呈現自己好的一面。可是在李平柯先生面前，我不想這樣做。我建議他向我發問，他似乎嗤之以鼻，可是話說回來，我無法確定他會不會追根究柢。所以我乾脆把一切和盤托出，毫無掩飾。

悲慘的出身。我父親是個酒鬼，不過我有個好母親，為了讓我受良好教育，她簡直是做牛做馬。我沒有隱瞞我曾經三天兩頭換工作的事實，說自己像個滾動的石頭。他是個很好的聽眾，會鼓勵你說下去，如果你懂我意思的話。不過，我三不五時也注意到他的精明。他會不時抛出一些小問題或是自己的看法，而我因為急於承認或否認，說不定就這麼毫無防備地掉進了圈套。

沒錯，我有種感覺，對他我最好嚴陣以待。十分鐘後，他往椅背上一靠，這場全然不像審問的審問似乎結束了。我感到如釋重負。

「你對人生有一種冒險犯難的態度，羅傑斯先生──邁克。這不是壞事。告訴我那棟你和愛茘正在蓋的房子。」

「噢，」我說，「它離一個叫作查德韋的小鎮不遠。」

「沒錯，」他說，「我知道它在什麼地方。事實上，我已經去過了。確切地說，是昨天。」

他的話讓我吃驚。這說明他是那種老奸巨猾的人，心知肚明的事比你想像的多。

「那地方風景很美，」我採取守勢。「我們要蓋一棟很漂亮的房子。建築師名叫桑托尼克，魯道夫．桑托尼克。我不知道你有沒有聽說過他，不過……」

「我聽過，」李平柯先生說，「他在建築界很有名。」

「我相信他在美國也有作品。」

「是的。他是一個很有天賦、前途無量的建築師。不幸的是，我知道他的健康不佳。」

「他覺得自己快死了，」我說，「可是我不相信。我相信他會痊癒、會康復。醫生的話……不能盡信。」

「我希望你的樂觀是有根據的。你很樂觀。」

「對於桑托尼克我是很樂觀。」

「希望你的願望能夠實現。我可以說，你們……你和愛荔買的那塊地是個絕佳的投資。」

我覺得他用的代名詞「你們」很中聽。他沒有明說買那塊地其實是愛荔一手包辦。

「我和克勞福先生談過……」

「克勞福？」我微蹙眉頭。

「『里斯暨克勞福律師事務所』的克勞福先生。他是這家英國事務所的主管之一，那塊地就是交由他辦理的。那家事務所很不錯，以極低的價格買下了那塊地。我得說，價格低得不免令人生疑。我深諳英國目前的地價，對於這塊土地如此低廉百思不解。我想，以這麼低的價格買到手，連克勞福先生自己也頗感吃驚。你或許知道它的售價為何如此之低？克勞福先生沒有對我說明任何原因。事實上，當我問及這個問題，他似乎有點尷尬。」

「噢，是這樣的，」我說，「這塊土地被人詛咒過。」

「你說什麼，邁克，你剛說什麼？」

「下過詛咒，先生，」我又說了一遍。「吉卜賽人的警告之類的。當地人稱它為『吉卜賽莊園』。」

「這樣啊。這其中有個故事吧？」

「沒錯。故事似乎很混亂，我也不知道有多少是真的、多少是編的。很久以前，那裡發生過一起凶殺案，涉及一對夫妻和另一個男人。有人說那個丈夫開槍把其他兩人殺了，然後自己飲彈身亡。至少陪審團的裁決是這麼說的。不過，各種各樣的傳說滿天飛。我想沒有人知道究竟真相如何。那是很久以前的事了。從那以後，那塊地幾經易手，可是每一任新主人都住不久。」

「啊，」李平柯先生點點頭，表示了解。「沒錯，很典型的英國民間故事。」他好奇地望著我。「你和愛荔不怕這個詛咒？」他的聲音很輕，臉上的笑意也很輕。

「當然不怕，」我回答，「愛荔和我才不會相信這種胡說八道。事實上我們很幸運，能以這樣低的價格買到這塊地。」

說到這裡，我突然想到，就某個角度而言這是幸運，可是以愛荔的財富和產業來說，以低價或重金買到一塊地其實並不算什麼。可是我接著轉念又想，不對，這麼想不對。她祖父畢竟是碼頭工人出身，後來才變成百萬富翁。這種人永遠會想賤買貴賣。

「噢，我並不迷信，」李平柯先生說，「而且你們那塊地的景色確實很美，」他遲疑片刻，這才說道：「我只希望你們搬進新居之後，不要讓愛荔聽到太多這種傳聞。」

「我會盡量不讓她聽到，」我說，「我想不會有人對她說這些。」

「鄉下人最喜歡對這種故事津津樂道，」李平柯先生說，「邁克，你要記住，愛荔沒有你堅強，她很容易受到影響。當然，只有某些方面。這讓我想到……」他頓了頓，沒有說完。他的一隻手指在桌面上輕敲。「我想和你談一件有點難處理的事。你剛說你沒見過葛莉塔・安德森？」

「對，一如我所說，我沒見過她。」

「奇怪，真奇怪。」

「怎麼了？」我望著他，眼神帶著問號。

「我還以為你一定見過她，」他緩緩說道，「你對她了解多少？」

「我知道她跟著愛荔很久了。」

「打從愛荔十七歲起，她就跟在愛荔身邊了。她的職位負有一定的責任，也很受信任。一開始她到美國，是愛荔的祕書兼女伴的身分。愛荔的繼母，范・史達薇珊夫人不在家的時候——呃，我得說這種情況常有——她就陪同愛荔出席各種社交場合。」他說下面這幾句話的時候，語氣特別尖酸。「我想，她的教養和履歷都很好，身上有一半瑞典、一半德國血統。自然而然地，愛荔變得很依賴她。」

「我也這麼想。」我說。

「就某些方面而言，我認為愛荔對她的依賴過於強烈。你不介意我這麼說吧？」

「不介意。我為什麼要介意？事實上，我自己……呃，也曾這麼想過。她滿口葛莉塔這個葛莉塔那個。我就……當然，我知道這和我無關，不過有時候我會覺得很厭煩。」

「而她不曾表示過希望你見見葛莉塔？」

「噢，」我說，「這個很難解釋。我想她確實暗示過一兩回，只是我們的心神幾乎都放在彼此身上。再說，我想我其實並不想見葛莉塔。我不想和任何人分享愛荔。」

「我懂了。沒錯，我懂了。而愛荔也沒有提議要葛莉塔參加你們的婚禮？」

「她確實提議過。」我說。

「可是你不希望她參加。為什麼？」

「我不知道。我真的不知道。我只是覺得這個我未曾謀面、不知是年輕或是有點年紀的葛莉塔，好像事事都要插手。你知道，她幾乎包辦了愛荔的生活。寄明信片、寄信，愛荔不在家的時候替她遮掩，為她安排活動行程還通報給她的家人。我覺得愛荔對葛莉塔的依賴幾乎到了言聽計從的地步，她做的每件事都是葛莉塔要她做的。我……噢，對不起，李平柯先生，也許我不該說這些話，也許我只是吃醋，不過當時我確實發了火，我說我不希望葛莉塔參加婚禮，這是我們的婚禮，除了我們兩個，和任何人都了無關係。所以我們兩人去婚姻註冊處登記，那裡的祕書和打字員就是我們的證婚人。我承認不讓葛莉塔參加婚禮很不通情理，可是我希望愛荔只屬於我一個人。」

「我懂。沒錯，我懂。而且容我這麼說，我認為你這麼做是聰明的，邁克。」

「你也不喜歡葛莉塔。」我精明地咬住他的話頭。

「邁克，你不能用『也』這個字，因為你沒有親眼見過她。」

「對，我知道。不過，我的意思是，如果你對某個人的事聽多了，很可能會對這人心生某些想法，某些評價。噢，我乾脆就說它是嫉妒吧。你為什麼不喜歡葛莉塔？」

「我不是存有偏見，」李平柯先生說，「不過，你是愛茘的丈夫，邁克。我打心底關心愛茘的幸福。我覺得葛莉塔對愛茘的影響並不是好事。她管得太多了。」

「你認為她會試圖在我們之間製造麻煩？」

「我想，」李平柯先生說，「我沒有權利這麼說。」

他坐在那裡面帶謹慎地看著我，一面眨了眨眼。那張滿是皺紋的臉像一隻老烏龜。

我不知道該說什麼。他先開口了，小心翼翼地斟酌著措辭。

「愛茘可曾有過任何暗示，要葛莉塔搬來和你們同住？」

「我會盡全力阻止。」我說。

「啊。你真的這麼想？所以，你們已經討論過這件事？」

「愛茘確實說過類似的話。可是我們才剛結婚，李平柯先生。我希望我們的房子，我們的新屋，只屬於我們自己。當然，我想她偶爾會來住幾天。這是很自然的。」

「一如你所說，這是很自然的。不過你或許已經意識到，葛莉塔想找新工作會有所困難。我的意思是，問題不在於愛茘對她抱持的態度，而是在於曾經雇用她並且對她賦予信任的人對她有什麼看法。」

「你的意思是，你或那個叫范什麼的夫人都不會為她推薦類似的職務？」

「我們不可能會推薦她，除非純粹是為了滿足法定要求。」

「你認為她會到英國來投奔愛茘？」

「我不想說太多，以免你對她有所偏見。這畢竟是我自己的想法。我不喜歡她做的一些事，也不喜歡她做這些事的方法。我想，愛荔是個心胸寬大的人，如果她知道葛莉塔的前程因她而毀掉，她很可能會在衝動之下，堅持要她來英國和你們共同生活。」

「我想愛荔不會堅持，」我緩緩地說。我的聲音中流露出一絲憂心，我想李平柯先生不會沒注意到。「可是，難道我們……我是指愛荔，不能給她一筆退休金打發她走路嗎？」

「我們不能給她退休金，」李平柯先生說，「退休金令人聯想到年齡，而葛莉塔還很年輕，而且是個漂亮的年輕女人。事實上，她非常亮麗，」他又加上一句，語氣充滿貶意和不以為然。「她對男人也很有吸引力。」

「噢，她說不定會嫁人，」我說，「如果她真的條件那麼好，為什麼一直沒結婚？」

「我想一定有人為她著迷，只是她沒把他們放在眼裡。不過，我認為你說的很有道理。我想，我們可以用不傷感情的方式把這件事做個了斷。既然愛荔已經到達法定年齡，又在葛莉塔的全力幫助下結了婚，這樣做也許再自然不過……給她一筆錢，以示感激。」

李平柯先生最後那兩個字酸得有如檸檬汁。

「噢，那就沒問題了。」我開心地說。

「我又一次看到了你的樂觀。我們姑且希望葛莉塔會接受這樣的安排。」

「她為什麼會不接受？不接受的是瘋子。」

「很難說，」李平柯先生說，「我也認為如果她不接受，那她就不是正常人。當然，她們依然是朋友。」

「你想……你的想法是什麼？」

「我希望她對愛荔的影響就此結束，」李平柯說，他站起身。「我希望你能幫我，竭盡所能幫我做到這一點。」

「我一定會，」我說，「我最不希望的事就是讓葛莉塔隨時隨地跟在我們身邊。」

「你見到她之後，可能會改變想法。」李平柯先生說。

「我不會，」我說，「我不喜歡和女人打交道，不管她們多能幹、多漂亮。」

「邁克，謝謝你如此耐心地聽我說話。我希望你能賞光和我共進晚餐，你們兩個一起來。下週二晚上如何？那天珂拉．范．史達薇珊和法蘭克．巴頓說不定也在倫敦。」

「看來我是非見他們不可了？」

「噢，是的，這是無可避免的。」他對我綻出微笑，而這一回的笑容似乎要比先前真摯些。「你千萬別太介意，」他說，「珂拉，我想她會很無禮地對待你。法蘭克是個粗人。盧本暫時不會過來。」

我不知道盧本是什麼人……八成是另一個親戚。

我穿過那兩道門，將它們一一開啟。

「來吧，愛荔，」我說，「審問結束了。」

她回到客廳，迅速看了李平柯一眼又看看我，接著趨前去親吻他。

「親愛的安德魯叔叔，」她說，「我看得出來，你並沒有為難邁克。」
「噢，親愛的，如果我不善待他，以後你就不會理我了，對吧？畢竟我還有這個權利，能提供你們一些建議。你們都很年輕，太年輕了。」
「好吧，」愛荔說，「我們會認真聽話的。」
「現在，親愛的，容我和你說幾句話好嗎？」
「這回該我是多餘的了。」
說完我就朝臥室走去。
我把兩道門重重關上，可是進了臥室後，又把內門打開。我可不像愛荔那麼好教養。我急於知道雙面人李平柯先生到底是個什麼樣的人。不過事實上，我沒必要偷聽他們談話。他對愛荔說了幾句智慧的忠言。他說她必須了解，身為窮小子的我娶了富家女的滋味可能並不好受。接著他對她說出對葛莉塔的處理建議。她立刻表示同意，說她正好也打算徵詢他的意見。他還建議她，應該把珂拉．范．史達薇珊的問題也一併處理掉。
「你其實並沒有義務給她錢，」他說，「她前幾任丈夫的贍養費已經夠她舒服度日了，再說你也知道，你祖父留下的信託基金每年都會給她一筆年金，雖然數目不是很大。」
「不過你認為我還是應該給她一些？」
「我想，你並沒有法律或道德責任非這麼做不可。我只是認為如果你這麼做，你會發現她比較不會煩你，或者說不那麼惡毒。我可以把她的年金提高，但你隨時可以取消。如果你發現她四處傳播關於邁克或你或是你們婚姻生活的惡毒流言，你就告訴她這筆年金隨時會取消，那麼她那非常善於散播毒刺的舌頭就會收斂一點。」

「珂拉一向討厭我，」愛荔說，「這我早就知道，」她又帶著嬌羞問了一句：「你喜歡邁克，對吧，安德魯叔叔？」

「我覺得他是個很有魅力的年輕人，」李平柯先生回答她。「我看得出來，你為什麼會嫁給他。」

我想，這是我所能期望的最好回答。我知道，我其實並不是他喜歡的類型。我輕輕把門關上。過了一兩分鐘，愛荔過來接我回到客廳。

就在我們向李平柯先生道別之際，聽到了敲門聲。是旅館小弟，送來一份電報。愛荔接過電報，打開一看，隨即發出一聲快樂的呼喊。

「是葛莉塔，」她說，「她今晚就到倫敦，明天會來看我們。太好了！」她看看我們兩人，又說：「難道不是嗎？」

她看到的是兩張苦瓜臉，聽到的則是兩句禮貌的回答，一句回她：「確實很好，親愛的」，一句是：「當然很好」。

11

第二天上午，我外出購物，回到旅館的時間比我預計的晚了不少。我發現愛荔坐在中央大廳的休息室，對面是個高䠷的金髮女郎。她就是葛莉塔。兩個人正吱吱喳喳地說著話。

我向來不善於描述人的長相，不過我要試著描述她。首先，無可否認，她一如愛荔所言，非常漂亮；而且，她也一如李平柯先生不情不願所承認的，非常亮麗。漂亮和亮麗並不完全一樣。如果你說一個女人亮麗，這不表示你欣賞她。我想，李平柯先生就不欣賞她。話說回來，如果葛莉塔走進旅館大廳或是餐館，男人都會轉頭去看她。她具有北歐日耳曼民族的特徵：一頭金黃玉米色的秀髮以當前流行的樣式高高地盤在頭上，而不是守舊地垂在兩旁。她的出身一眼便可看出，是典型的瑞典或北德血統。事實上，只要配上一對翅膀，她就可以以華爾琪莉[3]的形象參加化裝舞會。清澈的湛藍眼眸，無可挑剔的五官，我不得不承認，她確實不同於一般！

我走到她們座位旁邊，以一種我希望是自然而友善的態度問候招呼，可是依然感到一絲尷尬。我並不是什麼角色都能演。愛荔立即說道：「你終於來了，邁克。這是葛莉塔。」

我以一種略帶戲謔和不悅的語氣說我想也是。

「很高興終於見到你，葛莉塔。」

愛荔說：「你很清楚，如果不是葛莉塔，我們根本不可能結婚。」

「我們還是想得出辦法結婚。」我說。

「如果我的家人對我們施加重得像一噸煤那樣的壓力，那就不可能。他們會把我們拆散的。葛莉塔，告訴我，他們有沒有對你很惡劣？」愛荔問。「你沒寫信告訴我，也沒對我提過一個字。」

「我懂得分寸，」葛莉塔說，「不會在一對幸福的新人蜜月之際寫信給他們。」

「可是他們對你一定大發雷霆吧？」

「當然！要不然還會怎樣？不過我早有準備，你放心好了。」

「他們對你說了或做了什麼？」

「能說能做的都說了也都做了，」葛莉塔笑著回答，「當然，從要我捲鋪蓋開始。」

「沒錯，我想這是在所難免。那……那你怎麼辦？他們總不會拒絕幫你寫推薦信吧？」

「他們當然可以拒絕。不管怎麼說，他們認為我備受他們信任，卻可恥地濫用了這種信任，」她又添加一句：「而且還樂在其中。」

「那你現在打算怎麼辦？」

「我已經找到一份工作，馬上就要上任。」

「在紐約？」

「不，就在倫敦。是祕書工作。」

「這樣好嗎？」

「親愛的愛荔，」葛莉塔說，「有了你那張早料到會露出牛腳而寄給我的可愛支票，我怎麼會不好？」

她的英語非常流利，幾乎聽不出任何口音，可惜不少俗語用得不太對。

「我去了不少地方，最後在倫敦安頓下來，還買了很多東西。」

「邁克和我也買了很多東西。」愛荔一面說，一面笑著回憶。確實如此。我們在歐洲大陸大肆採購了一番。有錢花的感覺真好，沒有綁手綁腳的財務預算。我們在義大利買了錦緞和布料，要用來裝飾我們的家。我們也在義大利和巴黎買了一些畫，價錢高得有如天價。一個我不敢夢想的世界對我敞開了大門。

「你們兩個看來好幸福。」葛莉塔說。

3　華爾琪莉（Valkyrie），北歐神話中戰神的婢女。

「你還沒見過我們的房子呢，」愛荔說，「它會是一棟很棒的房子，就和我們想像的一模一樣，對吧，邁克？」

「我見過了，」葛莉塔說，「我回到英國的第一天，就租車去看過。」

「怎麼樣？」愛荔問。

我也問，怎麼樣？

「這個……」葛莉塔思索著。她的頭由左到右搖了搖。

愛荔大失所望，面露沮喪。可是我沒有上當。我立刻就發現葛莉塔對我們開了一個小玩笑。這個玩笑開得也許不厚道，不過幾乎馬上就被拆穿了。葛莉塔縱聲大笑，銀鈴似的高亢笑聲引得他人紛紛轉過頭來，向這邊張望。

「你們真該看看自己的表情，」她說，「尤其是你，愛荔。我忍不住要捉弄你。那棟房子好美，真的好棒。那個人是天才。」

「沒錯，」我說，「那人確實非比尋常。等你見到他就知道了。」

「我已經見過他了，」葛莉塔說，「我去的那天他正好也在。沒錯，他這人很不平常。他很可怕，你不覺得嗎？」

「可怕？」我驚訝地問，「怎麼說？」

「噢，我也不知道。就好像他可以看穿你……從裡到外完全看透，讓人很不舒服。」她又補上一句：「他好像滿臉病容。」

「對，他有病，病得很重。」我說。

「多麼遺憾。他得的是什麼病？是肺結核之類的嗎？」

「不是，」我回答。「我想不是肺結核。我想是……是血液方面的病。」

「噢，原來如此。現在的醫生什麼病都能治，對吧？除非在療程中先把你治死了。不過，我們先別想這些吧。我們來談談那棟房子。它什麼時候完工？」

「我想，照目前看，應該很快就完工了。我從來沒想過一棟房子可以蓋得那麼快。」

「噢，」葛莉塔隨意說道，「有錢能使鬼推磨。工人分兩班日夜趕工，再加上紅利獎金之類的。愛荔，你不知道像你這麼有錢有多好。」

可是我知道。這幾個星期以來，我一直在學，還學到了很多。拜這個婚姻之賜，我踏入了一個截然不同的世界，而這個世界和我在外面觀望時所臆想的大相徑庭。還不是很久以前，賭馬時贏得雙倍是我心目中最感幸運的橫財。發了一筆財，我會迫不及待地吃喝玩樂揮霍掉。當然，這很粗俗，而我的階層就是這樣。可是愛荔的世界完全不同，它和我想像的富人世界也全然不同。她的世界享有無窮無盡的奢華。它的重點不在於偌大的浴室、豪宅巨邸、房子裡有幾盞華燈、飲食多麼講究或是車子速度有多快，也不在於為花錢而花或是向別人炫耀。相反的，它單純得奇怪。而你唯有超越了為揮霍而揮霍的心態，才能獲得這種單純。你不想擁有三艘遊艇、四輛轎車，也不會在三餐之外多吃什麼，而你若是以天價買了一幅畫，你不會想要每個房間都掛一幅。就是這麼單純。你擁有的都是最好的，這不是因為最好的東西都屬於你，而是因為如果你喜歡某樣東西，沒有道理不去買個最好的。無論什麼時候，你不可能說出「我恐怕買不起」這句話。所以，就因為它單純得奇怪，有時候我反而不懂。例如，我們看上了一幅法國印象派畫家的作品，塞尚吧，應該是這個名字。我不得不認真記住這個名字。我老是把它和一個吉卜賽管弦樂團的名字搞混。後來我們走在威尼斯的街道上，愛荔停下腳步，觀看街頭畫家的作品。大體而言，那些人替遊客繪的像慘不忍睹，都是一個模樣：咧嘴露出一口發亮的白齒，多半金髮垂肩。

她買了一幅小畫，畫的是運河的一瞥。那幅畫的作者打量著我們，開口要價六英鎊。有趣的是，我很清楚，愛荔對那幅六英鎊買來的畫和對塞尚的畫一樣嚮往。

有一天，在巴黎也發生了類似的事情。她突然對我說：「我們去買一條香脆的法國長麵包，抹上奶油、夾著乳酪一起吃，那一定很好玩。」

我們就這麼吃了。我想，愛荔從這事得到的快樂要比前一天晚上花了二十英鎊的大餐還多。一開始我難以理解，後來才慢慢明白過來。令我難堪的是，我察覺到娶了愛荔並不只是快樂和遊戲。你必須做功課，必須學著如何走進餐館、點菜、小費該給多少、什麼時候要多給一些。你得記住吃什麼菜配什麼酒。我多半都是自己觀察。我不能問愛荔，因為她不會理解。她會說：「親愛的邁克，你想怎麼吃就怎麼吃。就算侍者認為你這種東西要配那種酒，那又有什麼關係？」對她是沒關係，因為她一出生就處於這種環境，可是對我而言就大有關係，因為我不能想怎樣就怎樣。我還不夠「單純」。穿著也是。愛荔在這方面就比較幫忙，因為她比較懂。她直接把我帶到該去的地方，然後告訴我，隨他們怎麼處置吧。

當然，我的言談舉止和外貌還不到得體的地步。不過這無所謂，我已經抓住了竅門。或許不久之後，等愛荔的繼母和叔叔到達英國，我已經可以通過老李平柯之流的篩檢。其實長遠來看，這些都無關緊要。等到房子蓋好、我們住定後，我們會離他們遠遠的，它會是我們的王國。我望著對面的葛莉塔，很想知道她對我們新居的真正想法。無論如何，它是我所希冀的模樣，可以讓我得到無上的滿足。我夢想開車沿著那條幽僻的樹林小徑，到達一處只屬於我們的小海灣，一個其他任何人都不能涉足的私人海灘。我想，在那裡泡海水要比在其他地方好上百倍，比起有幾百人躺臥的海濱浴場要好上千倍。我不要那些毫無意義、象徵富有的東西。我要——這兩個字又出現了，這個我獨有的詞彙——我要，我要……我可以感覺到我體內洶湧的渴望。我要一個很棒的女人，一棟與眾不同的豪宅，我要我那棟出眾的豪宅裡堆滿各式各樣的好東西。那些東西屬於我。所有東西都屬於我。

「他在想我們的房子。」愛荔說。

她已經提醒我兩次該去餐廳吃飯了。我帶著深情望著她。

那天傍晚我們正在更衣準備去進餐時，愛荔像是試探性地問我：「邁克，你……你很喜歡葛莉塔，對吧？」

「當然。」我回答。

「如果你不喜歡她，我會受不了的。」

「可是我喜歡她，」我說，「你為什麼會覺得我不喜歡她？」

「我不確定。我想是因為你和她說話的時候幾乎沒有用正眼瞧她。」

「噢，我想那是因為……因為我緊張。」

「看到葛莉塔會緊張？」

「是的。她有些令人望而生畏，你知道。」

我告訴愛荔，葛莉塔長得很像華爾琪莉。

「不像歌劇裡那麼壯就是了。」

愛荔說完就笑了，我們都笑了。我說：「也許你不這麼認為，那是因為你和她認識很多年了。不過，她確實有點……呃，我的意思是她很能幹、實事求是，也很世故。」我說了一大堆形容詞，可是好像都沒說到重點。我突然冒出一句：「我覺得……我覺得和她相比，我處於下風。」

「噢，邁克！」愛荔十分不安。「我知道我和她很有話聊，像很多老笑話和往事之類的。是的，沒錯，我想這些可能會讓你覺得不知所措。不過你們很快就會成為朋友。她喜歡你，非常喜歡你，她告訴我的。」

「聽著，愛荔，她不管怎麼想，都會這麼告訴你。」

「噢，不，她不會。葛莉塔向來有什麼說什麼。你也聽到她今天說的話了。」

確實，午餐時葛莉塔幾乎言無不盡。與其說她的談話對象是愛荔，不如說是我。她說：

「你也許會覺得奇怪，我為什麼這麼支持愛荔，雖然我從未見過你。坦白說，我很氣……氣他們讓愛荔去過那種生活，完全被綁在一個他們用金錢和傳統思想做成的蠶繭裡。她從來沒有機會去自己想去的地方，做自己想做的事。她想反抗，可是不知道如何反抗。所以……對，沒錯，我鼓勵她。我建議她去英國觀察地產，又說等她滿了二十一歲，就可以自己買下一塊地，永遠告別紐約那幫人。」

「葛莉塔總有好點子，」愛荔說，「她能想出一些我永遠想不到的辦法。」

李平柯先生是怎麼對我說的？「愛荔對她的依賴過於強烈」。我不知道是否真是這樣。而奇怪的是，我其實並不這麼想。我覺得雖然葛莉塔對愛荔瞭若指掌，但愛荔身上有種東西是她從來不曾領會到的。我相信，愛荔接受的想法都是她自己願意擁有的想法。葛莉塔鼓勵愛荔反抗，可是愛荔原本就想反抗，只是不知如何進行。我對愛荔的了解愈深，就愈發覺得她的單純背後有著令人意想不到的深沉。我想，如果愛荔要堅持己見，她一定能堅持到底。問題是她不常這麼做。看來要了解一個人並不容易，包括愛荔，包括葛莉塔，也許還包括我母親。為什麼她看我的眼神總是透著憂懼？

我想到李平柯先生。我們剝著超大的桃子外皮，我說了一句：「李平柯先生對我們的婚姻似乎已經認同了。我很意外。」

「李平柯先生……」葛莉塔說，「是一隻老狐狸。」

「你總是這麼說，葛莉塔，」愛荔說，「可是我認為他很可親。他很嚴厲，但也很謹守本分。」

「好吧，你願意這麼想就這麼想吧，」葛莉塔說，「至於我自己，可不會相信他說的半個字。」

「你竟不相信他！」愛荔說。

葛莉塔搖搖頭。

「我知道，他是個可敬可信的典範。一個信託監護人和律師該是什麼樣子，他就是什麼樣子。」

愛荔笑了。她說：「你的意思是他會侵吞我的財產？別傻了，葛莉塔。稽核、銀行、財務檢查，重重檢驗成千上萬。」

「噢，我相信他一定是樣樣合格，」葛莉塔說，「話說回來，真正會做出侵吞勾當的就是這種人……值得信任的人。等到出了事，所有的人都說：『我作夢也不相信是某某人做的。他是最不可能做出這種事的人。』沒錯，他們會這麼說：『他是最不可能做出這種事的人。』」

愛荔若有所思地說，她認為她的法蘭克姑丈更有可能做出這種不誠實的勾當。不過對於這樣的念頭，她似乎不擔心也不意外。

「他看起來確實像個騙子，」葛莉塔說，「光是這一點就讓他騙不了人。他總是笑容滿面、和藹可親，但他永遠成不了大騙子。」

「他是你母親的弟弟？」我問愛荔。

我總是搞不清她的親戚關係。

「他是我父親的妹夫，」愛荔說，「她離開他另嫁，六、七年前去世了。後來法蘭克姑丈就一直和我們住在一起。」

「這樣的人有三個，」葛莉塔好心對我解釋。「你可以說，有三隻吸血蟲緊纏著不放。愛荔的親叔叔都已過世，一個死於韓國，一個死於車禍。愛荔現在有個破壞力超強的繼母、一個自己找上門來賴著不走的法蘭克姑丈和她稱為叔叔實為堂哥的盧本。還有安德魯・李平柯和史坦佛・勞伊德。」

「史坦佛・勞伊德是誰？」我一臉惶惑地問。

「噢，是另一種受託人，對吧，愛荔？總之，他替你管理投資之類的事。這種事其實不難，因為如果你像愛荔那麼有錢，根本不用動什麼腦筋，錢就可以滾出更多的錢來。圍繞在愛荔身邊的主要就是這些人，」葛莉塔又說，「我相信你很快就會見到他們。他們會到這裡來看你。」

我痛苦地呻吟一聲，望向愛荔。愛荔語氣非常溫柔而甜蜜地說：「沒關係，邁克，他們會離開的。」

12

他們真的來了，不過都沒有待很久。我的意思是，第一次沒待久。他們來只是為了看我一眼。我覺得他們很難理解，這自然是因為他們是美國人，和我熟悉的人不同類。其中有幾個很好相處，法蘭克姑丈就是。我同意葛莉塔的看法。我不會相信他說的半句話。我在英國也遇過這種人。他高頭大馬，肚腩微凸，眼下浮腫的眼袋顯示他生活放蕩……我敢說八九不離十。我想，他對女人虎視眈眈，對良機更是。他向我借過一兩次錢，數目不大，只夠他花一兩天。我想他並不是真的需要那些錢，而是想試探我會不會輕易借錢給他。這讓我很為難，因為我不知道該如何應對。我該乾乾脆脆地拒絕他，讓他知道我是個小氣鬼，還是擺出和我本性相去甚遠的慷慨大方模樣？我心想，法蘭克姑丈，你下地獄去吧。

珂拉——愛荔的繼母——是我覺得最有意思的人。她年約四十，挑染的頭髮，熱情的舉止，依舊魅力十足。她對愛荔是滿嘴的甜言蜜語。

「你千萬別介意我寫給你的那幾封信，愛荔，」她說，「你必須承認，這個消息確實有如石破天驚，你居然就這樣結了婚，真是保密到家。不過，我知道一定是葛莉塔慫恿你這麼做的，是她要你這麼做的。」

「你千萬別怪葛莉塔，」愛荔說，「我不是故意要讓你們生氣的。我只是想，呃，少點麻煩……」

「噢，當然，親愛的愛荔，你這麼選擇一定有它的道理。只是那幾個替你料理業務的人——史坦佛．勞伊德和安德魯．李平柯——都笑不出來。我想他們是認為，所有人都會怪他們沒把你照顧好。當然，他們不知道邁克是什麼模樣。他們沒想到邁克原來這麼迷人。連我自己也沒想到。」

她的笑容轉向我，那是我見過最甜蜜也最虛偽的笑容！我暗自想，如果說現下有哪個女人在恨哪個男人，那珂拉一定恨我。不過，我想，她對愛荔甜言蜜語是可以理解的。安德魯．李平柯已經回到美國，勢必提醒了她幾句。愛荔正在出售她在美國的一些土地，因為她已決定定居英國，不過她會給珂拉一筆可觀的年金，隨她選擇在何處居住。沒人提到珂拉的現任丈夫。我想他目前很可能身在異地，而且身邊一定有別人。珂拉這回的贍養費不會太多。她這回嫁的是個比她年齡小很多、肉體魅力超過鈔票的男人。

珂拉渴望得到那筆年金。她是個敗金女。毫無疑問，安德魯．李平柯對她的暗示已經夠清楚：愛荔隨時有權阻斷她這條財路，而如果珂拉一時忘形，對別人散布愛荔新婚夫婿的惡毒謠言，也會有同樣的後果。

盧本堂哥，或者說盧本叔叔，沒來英國。他寫了一封滿紙和善而不說教的信，祝她快樂幸福，但他也懷疑她是否真的想住在英國。「如果你不想，愛荔，你就回美國來。別認為你不會受到歡迎。恰恰相反，你會的。你的盧本叔叔絕對歡迎你。」

「他這人似乎很不錯。」我對愛荔說。

「是的。」愛荔若有所思地說。可是她的表情顯示她並不確定。

「他們當中可有你喜歡的人，愛荔？」我問，「或許我不該問？」

「你當然可以問我任何問題，」不過她還是躊躇片刻後才回答了我。她語氣帶著決斷和毅然。「沒有，沒有我喜歡的人。這話聽來可能挺怪異，不過我想那是因為他們其實並不屬於我。我和他們之間沒有血緣關係，我們會在一起只是因為環境所迫。他們都不是我真正的親屬。我愛我的父親，愛我記憶中的他。我記得他是個軟弱的人，我祖父對他很失望，因為他沒什麼生意頭腦。他自己也不喜歡從商。他喜歡去佛羅里達釣魚什麼的。後來，他娶了珂拉。我一直不太喜歡珂拉，事實上，她也沒喜歡過我。當然，我對我的親生母親一點印象也沒有。我喜歡亨利叔叔和喬叔叔。他們很有趣，有時候比我父親更有趣。我想，我父親算是個安靜而憂傷的人，可是我那兩個叔叔卻很會及時行樂。我想喬叔叔有些野，是那種因為出身富裕而帶有的狂野。出車禍死的就是他。我另一個叔叔是戰死的。那時候我的祖父已經疾病纏身，三個兒子相繼死去，對他來說是莫大的打擊。他不喜歡珂拉，也不喜歡任何一個遠親。盧本叔叔就是個例子。他說，誰都不知道盧本心裡在想什麼。所以他決定把財產交給信託基金管理，其中不少都捐給了博物館和醫院。他留給珂拉足夠舒服度日的錢，連女婿法蘭克都照顧到了。」

「而大部分都留給了你？」

「是的。我想這讓他有點擔心。所以他盡他所能要別人替我管好我的財產。」

「那就是安德魯叔叔和史坦佛．勞伊德先生。一位律師，一位銀行家。」

「沒錯。我想他是認為光靠我自己管不好這些財產。奇怪的是，他讓我年滿二十一歲就進行接管。他不像很多人那樣，把財產一直存放於信託基金直到繼承人二十五歲。也許這是因為我是女孩子。」

「奇怪，」我說，「依我看，應該倒過來才對，不是嗎？」

愛荔搖搖頭。

「不是，」她說，「我想我祖父的想法是：男生通常年輕氣盛，惹是生非之餘，還會被居心不良的漂亮女人套住。我想他是認為應該給男生一段時間縱情玩樂。可是有一回他對我說：『女孩子如果有頭腦，二十一歲的時候就該有了，再等個四年沒多大差別。而如果她是個笨女人，四年後還不是一樣。』」愛荔一面看著我一面笑。「他還說，他認為我並不笨。他說：『愛荔，你對人生或許認識不多，可是你會判斷，尤其是對人。我想這種判斷力會一直跟著你。』」

「我想他不會喜歡我。」我若有所思地說。

愛荔很誠實。她並沒有安慰我，也沒有說任何與事實不符的話。

「沒錯，」她說，「我想他會又驚又怕，一開始一定是。不過他得習慣你的存在。」

「可憐的愛荔。」我突然說道。

「你為什麼這麼說？」

「我以前也對你說過，記得嗎？」

「記得。你說我是可憐的富家千金。你說得很對。」

「這一次我的意思不大一樣，」我說，「我不是說你有錢所以你很可憐。我想我的意思是……」我遲疑著。「有太多的人纏著你，包圍著你。他們都想從你身上撈到好處，可是沒有人真正關心你。事實如此，對吧？」

「我想安德魯叔叔對我是真的關心，」愛荔說，語氣帶有一絲不確定。「他一直對我很好，很同情我。至於其他人，對，你說得沒錯。他們只想撈些好處。」

「他們只會來向你要東西，對吧？他們向你借錢，要你施惠給他們，或是希望你替他們收拾爛攤子。他們都纏著你，纏著你不放！」

「我想這是很自然的事，」愛荔說，依然冷靜自若。「不過我已經擺脫他們了。我要長住在英國，不會常見到他們。」

她當然想錯了，而且她並未看出真相。一段時日後，史坦佛·勞伊德單獨來訪。他帶了很多文件、資料要愛荔簽名，希望愛荔同意某些投資方案。他對愛荔大談她名下的投資、股票、財產，以及信託基金的處理。那些東西在我聽來有如外星語言。我幫不了她，也無法給她建議。我也阻止不了史坦佛．勞伊德繼續欺騙她。我希望他沒有騙她，可是我既然對這種東西一無所知，我還能怎麼想？

史坦佛．勞伊德這人條件甚好，好得令人生疑。他是個銀行家，看來就儼然是個銀行家的樣子。雖然不年輕了，可是儀表堂堂。他對我彬彬有禮，不過我知道他心裡視我如糞土，儘管他極力不表露於外。

「噢，」在他終於告辭後，我說，「這是最後一個了。」

「你對他們的評價都不高，對吧？」

「我認為你的繼母珂拉是我見過最口蜜腹劍的人。對不起，愛荔，也許我不該這麼說。」

「如果你心裡這麼想，有什麼不該說的呢？而且我認為你說得八九不離十。」

「你一定很寂寞，愛荔。」我說。

「是的，以前我很寂寞。我也認識同年齡的女孩子，進入名校就讀，可是從來沒有真正自由過。如果我和誰成了朋友，他們總會把我們分開，再找另一個女孩塞給我。你知道，這一切都是因為社會階級觀念作祟。如果我喜歡某個人，喜歡到足以掀起軒然大波……不過，我還沒做過這麼逾越的事。我從未真正喜歡過誰。直到葛莉塔出現，一切都變了。有生以來第一次，有人真正喜歡我，那種感覺真好。」她的表情變得很溫柔。

「我希望……」我轉身走向窗口，口中說道。

「你希望什麼？」

「噢，我也不知道……我希望，你對葛莉塔不要這麼依賴。對任何人依賴過深都不是好事。」

「邁克，你不喜歡葛莉塔。」愛荔說。

「我喜歡她，」我連忙否認。「我真的喜歡她。可是你要明白，愛荔，她……我對她完全不了解。坦白說，我想我有點嫉妒她。我嫉妒是因為她和你——噢，我先前並不知道——你們竟然如此親密。」

「別嫉妒她。她是唯一對我好的人，唯一關心我的人……在遇到你之前。」

「可是現在你遇到了我，」我說，「而且嫁給了我。」接著我又把那句話說了一遍：「從今以後，我們會過著幸福快樂的生活。」

13

我已經試著把那些走進我們生活（其實該說是走進我的生活，因為他們本來就在愛荔的生活中）的人做了一番描述，雖然他們個個乏善可陳。我們的錯誤是以為他們會走出愛荔的生活，可是他們其實沒有。他們一點也沒有要走出去的意思。這點是我們所始料未及的。

接下來，是我們在英國的生活。我們的房子建好之後，桑托尼克發了一封電報給我們。他要我們再等他的電報通知，我們等了一星期左右，才等到那封電報，上頭寫著：「明天來此。」

我們驅車前往，日落時分就到了。桑托尼克聽到汽車聲響，走出來站在屋前迎接我們。當我看到我們的房子、那棟終於蓋完的房子，胸中簡直波濤洶湧，彷彿要從每一個毛孔中迸射出來！我的房子……我終於擁有了它！我緊緊擁著愛荔的肩頭。

「喜歡嗎？」桑托尼克問。

「這是棟頂尖的房子。」我說。

聽來是傻話，不過他懂我的意思。

「沒錯，它是我最好的作品。它花了不少錢，可是每一分錢都值得。我的預算一直超支。來吧，邁克，」他對我說，「把她抱起來，邁過門檻。你應該這樣和你的新娘走進你們的家！」

我臉紅了。我抱起愛茘……她很輕，照著桑托尼克的建議跨進門檻。進門的時候，我踉蹌了幾步。我看到桑托尼克皺起眉頭。

「你聽好，」桑托尼克說，「邁克，你要好好待她，照顧她，別讓她受傷害。她照顧不了自己，雖然她自以為可以。」

「為什麼我會受到傷害？」愛茘說。

「因為這是個邪惡的世界，裡面有邪惡的人，」桑托尼克說，「孩子，你身邊就有些惡人，我知道。我見過其中一兩個。他們來過這裡，四處打探，像老鼠一樣東聞西嗅。請原諒我說這些喪氣話，不過總得有人說出來。」

「他們不會來打擾我們，」愛茘說，「他們都回美國去了。」

「也許吧，」桑托尼克說，「但坐飛機只是幾小時的事。」

他搭在她雙肩上的手益發顯得細瘦、蒼白，看來像是病入膏肓了。

「孩子，如果我有這個能力，我會親自照顧你，」他說，「但我不能。我來日無多了。

你得自己保護自己。」

「少來那種吉卜賽式的警告了，桑托尼克，」我說，「帶我們看看房子。每一吋都要看。」

我們繞著房子走了一圈。有些房間依然空著，不過我們買來的東西大都已安置妥當，包括繪畫、家具和窗簾。

「我們還沒有為它命名呢，」愛荔突然說，「我們不能稱它為塔城，這名字很可笑。你曾經對我說過，它還有另外一個名字，」她問我：「吉卜賽莊園，對吧？」

「我們不要這麼叫它，」我立刻說道，「我不喜歡這個名字。」

「這附近的人還是會這麼叫它。」桑托尼克說。

「他們都是迷信的愚夫蠢婦。」我說。

然後我們一起坐在露台上，一面觀賞夕陽和風景，一面為房子命名。命名很有意思，就像玩遊戲。起初我們很認真，後來就開始想各式各樣的傻名字。「旅途盡頭」、「心之所悅」這類像旅館的名字，還有「海景」、「美麗家園」、「松林居」。天色突然轉暗變涼，我們進到室內。我們沒有拉上窗簾，只把落地窗關上。我們帶了一些東西來。隔天那些高薪聘用的僕役就會來報到。

「他們說不定會不喜歡這個房子，說它太孤單，然後就都走了。」愛荔說。

「那你就付他們雙倍的錢，把他們留下來。」

「你以為，」愛荔說，「什麼東西都可以用錢買！」不過她是打趣的口吻。

我們帶來了香腸、法國麵包和大隻的對蝦。我們圍坐在餐桌旁，邊吃邊談笑。就連桑托尼克也顯得強壯許多，活力十足。他的眼中閃爍著一種狂野的興奮。

突然有事發生了。一塊石頭砸在窗上，穿過玻璃飛進屋內，最後落在餐桌上，把一個酒杯砸得粉碎。玻璃碎屑四下迸濺，一小片劃破了愛荔的臉頰。一時之間，我們都目瞪口呆，然後我一躍而起，奔向落地窗，拔開窗閂就往露台上衝。半個人影也沒有。我回到屋內。

我拿起餐巾紙，俯身替愛荔擦掉沿著她臉頰流下的血。

「你受傷了……好了，親愛的，不嚴重，只是一小片玻璃劃了一道小傷口。」

我的目光碰觸到桑托尼克的。

「為什麼有人要這麼做？」愛荔問。

她看來百思不解。

「小男生，」我說，「你知道，那些無所事事的野孩子。他們大概知道我們要搬進來。我敢說只扔一塊石頭還算是幸運的。說不定他們還有氣槍之類的東西。」

「可是他們為什麼要這樣對待我們，為什麼？」

「我不知道，」我說，「天性就粗野吧。」

愛荔驀然站起身子。她說：「我怕，我很害怕。」

「我們明天就去查，」我說，「我們對附近的人認識不多。」

「是因為我們有錢而他們很窮嗎？」

愛荔問桑托尼克卻沒問我，彷彿他比我更清楚答案似的。

「不是，」桑托尼克緩緩說道，「我想不是這個原因。」

愛荔又問：「因為他們恨我們。他們恨邁克也恨我。為什麼？因為我們很幸福？」

桑托尼克又搖搖頭。

「不是，」愛荔說，像是同意他的看法。「不是，是別的原因。我們不知道的別的原因。吉卜賽莊園，住在這裡的人都會遭人忌恨，都會被處死。也許他們最後會把我們趕出這塊土地……」

我倒了一杯酒遞過去。

「別這樣，愛荔，」我像是懇求她。「不要說這種話。把這個喝了。這件事是倒人胃口，可是它只是小孩子愚蠢而莽撞的惡作劇。」

「我想，」她深深望著我。「有人想把我們趕走，邁克。把我們從這棟自己所建、深深愛戀的房子裡趕走。」

「我們不會讓他們得逞的，」我說，又加上一句：「我會照顧你。任何東西都傷害不了你。」

她的目光再度轉向桑托尼克。

「你應該知道才對，」她說，「蓋房子的時候你一直在這裡。難道沒有人對你說過什麼嗎？沒有人來扔石塊……阻礙工程進行嗎？」
「你很會想像。」桑托尼克說。
「這麼說，曾經有意外發生？」
「施工的時候總會有幾樁意外，不是太嚴重。這個人從梯子上失足跌下，那個人搬東西砸到自己的腳，或是拇指被刺到而發炎之類的。」
「沒有更嚴重的？沒有蓄意搗蛋的事？」
「沒有，」桑托尼克說，「沒有。我向你發誓，沒有！」
愛荔又望向我。
「你記得那個吉卜賽女人吧，邁克。那天她的舉動多奇怪，她竭力勸我不要到這裡來。」
「她有點瘋癲，腦筋不大正常。」
「我們在吉卜賽莊園蓋了一棟房子，」愛荔說，「我們做了她告誡我們不要做的事。」
她重重一跺腳。「我不會讓他們把我們趕走。我不會讓任何人把我們趕走！」
「沒有人能夠把我們趕走，」我說，「我們在這裡會很幸福。」
我們的話有如在對命運挑戰。

14

我們在吉卜賽莊園的生活就這樣開始了。我們沒有為這棟房子另外命名。在住進來的第一晚，我們已把吉卜賽莊園這個名字深印在腦海裡。

「我們就叫它吉卜賽莊園，」愛荔說，「就是要叫給他們看！這算是一種挑戰，你說是不是？它是我們的莊園，讓那些吉卜賽人的警告下地獄去吧！」

第二天，她又變回那個快快樂樂的愛荔。不久，我們開始忙著安頓，忙著認識周遭的環境和鄰居。愛荔和我曾經散步到那個吉卜賽女人住的小屋去。我想，如果我們發現她正在花園裡挖土，那是好事。先前愛荔只見過她一次，就是她為我們算命的那一回。要是愛荔看到她只是個挖著馬鈴薯的平凡老婦就好了。可是我們沒有看到她。小屋的門緊閉著。我問一個鄰居她是不是死了，那人搖搖頭。

「她一定是出門去了。她時常出外遊蕩，你知道。她是真正的吉卜賽人，不可能乖乖待在房子裡。她四處遊走，然後又回來，」她拍拍她的前額。「她這裡有問題。」

不一會兒她又說話了，試圖掩飾她的好奇。

「你們是從山頂那棟新屋子過來的吧，那棟剛蓋好的房子？」

「是的，」我說，「我們是昨天晚上搬進來的。」

「那地方可真漂亮，」她說，「蓋房子的時候，我們都上山去看過。過去那裡淨是陰森森的樹林，如今蓋了這麼一棟房子，可真是不一樣，對吧？」她帶著靦腆對愛荔說：「聽說你是個美國人，是嗎？」

「是的，」愛荔說，「我是美國人……或者說我以前是，可是現在我嫁了個英國人，所以我也是英國人。」

「所以你們是來這裡定居的嗎？」

我們說沒錯。

「噢，我想……呃，希望你們會喜歡它。」她說，口氣卻透著不確定。

「我們為什麼會不喜歡它？」

「噢，你知道，那地方挺冷清的。一般人不會喜歡孤零零地住在樹林當中。」

「吉卜賽莊園。」愛荔說。

「啊，原來你們知道這個名字，是吧？不過，原來那棟房子叫作塔城。我不知道為什麼，那房子半個塔也沒有，至少我這輩子沒看過。」

「我覺得塔城這名字很蠢，」愛荔說，「我想我們會繼續稱它為吉卜賽莊園。」

「那我們必須跟郵局說一聲，」我說，「要不然什麼信也收不到。」

「對，確實如此。」

「不過，再想一想，」我說，「這有關係嗎，愛荔？要是我們什麼信也收不到，那不是更好？」

「可能會有不少麻煩，」愛荔說，「我們連帳單都收不到。」

「那不是太棒了嗎？」我說。

「才不呢，」愛荔說，「財產管理人會來，還會賴著不走。不管怎麼說，我不願意錯失任何信件。我希望收到葛莉塔的來信。」

「別管葛莉塔了，」我說，「我們繼續探險去。」

我們就這樣走遍了金斯頓教區。那個小村莊不錯，商店裡的人都很和善。整個地方毫無邪惡之氣。我們的管家、僕役都不太喜歡這個村莊，不過我們很快就做好安排，讓他們在休假日租車去最近的海濱城鎮或查德韋市場。他們對房子的地點也不喜歡，但他們擔心的不是那些迷信的傳言。我對愛荔說，沒有人能說這房子鬧鬼，因為它才剛蓋好。

「對，」愛荔同意我的話。「不是房子的關係。房子一點問題也沒有，問題出在外面。是那條路不對勁，它曲曲折折穿過那片陰森森的樹林，那天那個女人就是站在樹林中央，把我嚇得魂都飛了。」

「噢，」我說，「明年我們可以把那些樹砍掉，改種一大片杜鵑花什麼的。」

我們繼續計畫未來。

葛莉塔來和我們共度了一個週末。她對我們的房子深表興趣，頻頻對家具擺設、畫像和色彩讚賞不已。她是個八面玲瓏的人。週末過後，她說她不能再打擾蜜月新婚的我們，而且她必須回去上班。

愛茘興高采烈地帶她參觀房子。我看得出愛茘有多喜歡她。我盡可能表現得理智、可親，不過我很高興葛莉塔終於回倫敦去了，因為她的到訪讓我感到一股壓力。

住了兩星期後，我們已被當地人接納，也結識了那位「神」。他於一天下午來訪。當時愛茘和我正在為花壇應該設在哪裡而爭辯，我們家那個舉手投足中規中矩、在我看來有點裝模作樣的男管家從屋內走出來，大聲宣布費爾波少校正在客廳等候。我輕聲對愛茘說：「是神！」愛茘問我，這話是什麼意思。

「噢，因為本地人視他為神。」我說。

於是我們走進屋內，見到了費爾波少校。他年近六十，是那種相貌和善、外表乏善可陳的人。他一身鄉居服，看來頗為邋遢，頂上已見稀疏的白髮，配上一撮短而硬的鬍髭。他為太太沒能同來拜訪表示抱歉。他說，她生病已經很久了。他坐下和我們閒聊，言談既不出奇也不特別有趣。他有令人如沐春風的個性，輕描淡寫地談到許多話題。他不直接發問，可是很快就看出我們對什麼東西特別感興趣。他和我談賽馬，和愛茘談園藝，提到土壤適合栽種的花草。他去過美國一兩回。他發現愛茘雖然不很喜歡賽馬，卻是非常喜歡騎馬。他說如果她打算養馬，她可以沿著一條穿越松林的小徑直通大片曠野，在那裡她可以盡情奔馳。接著我們的話題轉到了這棟房子，以及吉卜賽莊園的種種故事。

「你們既然知道當地人怎麼稱呼它，」他說，「我想，應該也聽到了各種迷信的傳言。」

「吉卜賽人的警告到處都是，」我說，「實在太多了。主要是李老太太。」

「噢，老天，」費爾波說，「可憐的艾絲特。她挺討人厭的，對吧？」

「她腦筋是不是有點不正常？」我問。

「即使不正常，也不像她表現得那麼誇張。我覺得自己或多或少對她有點責任。是我把她安頓在那個小屋裡，」他說，「但她並不感激我。不過我還是喜歡那個老太婆，雖然她有時候挺討人厭的。」

「是因為她會算命？」

「不，不完全是。怎麼，她替你們算過命？」

「我不知道那算不算是算命，」愛茘說，「她警告我們不要搬來。」

「這倒很奇怪，」費爾波少校濃眉一挑。「她平常算命時，嘴巴總像抹了蜜糖似的：漂亮小姐，你會遇到一個英俊的陌生人、婚禮鐘聲就要響起、會有六個小孩、無數的好運和財運等等，」他出人意料地模仿起她那低啞拖長的吉卜賽嗓音。「在我小時候，吉卜賽人常在這地方宿營，」他說，「我想我從那時起就喜歡他們，雖然他們偷盜成性。可是，我一直覺得他們很吸引我。只要你不期望他們守法，他們其實挺不錯的。我打上小學開始，就吃過好多馬口鐵罐盛著的吉卜賽燉魚燉肉。我覺得我們家欠李老太婆一個人情。我有個兄弟的命是她救回來的。他小時候掉進結冰的水塘裡，她把他撈了上來。」

我笨手笨腳，不小心把桌上一個玻璃菸灰缸碰倒在地。菸灰缸摔成了碎片。

我拾起那些碎片，費爾波少校也幫我一起撿。

「我想李老太太其實沒有惡意，」愛荔說，「我竟然那麼害怕，真是好傻。」

「你會害怕？」他的眉毛又是一挑。「有這麼嚴重？」

「她會害怕我一點也不奇怪，」我立刻接口說，「她說的話與其說是警告，不如說是威脅。」

「威脅！」他的聲音透著難以置信。

「噢，反正在我聽來就是威脅。我們搬進來的第一天晚上就發生了怪事。」

我把石頭破窗而入的事告訴了他。

「我得說，這年頭不學好的小無賴還真不少，」他說，「但我們這附近不是很多……不至於像某些地方那麼糟。話說回來，發生這種事我還是很遺憾，」他眼睛望著愛荔。「非常抱歉讓你受驚了。你搬進來的第一晚就發生這種事，確實令人不快。」

「噢，我已經沒事了，」愛荔說，「其實不只是那件事，還有……之後不久也出過事。」

我把那件事也告訴了他。一天早晨我們出門時發現一隻死鳥，牠的身軀橫插著一把刀，上面釘著一張小紙條，上面是歪歪扭扭的塗鴉：「如果你知道好歹，就趕緊滾出這裡！」

費爾波這下真的生氣了。他說：「你們應該向警方報案。」

「我們不想那麼做，」我說，「再怎麼說，這樣只會讓討厭我們的人更恨我們。」

「這種事非阻止不可，」費爾波說。他突然搖身一變成了地方法官。「要不然這種事會沒完沒了。這事想來有點可笑，不過……不過又不只是可笑。它懷著惡意和刻毒。但是，」他說，像是自言自語。「這不像是這附近哪個人對你們懷恨在心。我的意思是，不像是對你們任何一個懷有惡感。」

「確實，」我說，「不可能是這樣，因為我們兩個在本地都是陌生人。」

「我會調查這件事。」費爾波說。

他準備告辭，一面站起身一面四望。

「你知道，」他說，「我喜歡你們的房子。我沒想到我會喜歡。你知道，我算是個守舊派，也就是以前人家說的老古板。我喜歡老房子、老建築，不喜歡英國到處興建的那些火柴盒般的工廠。每個看來都像個大箱子或蜂巢似的。我喜歡有點裝飾、帶著優雅的建築。可是我喜歡這棟房子。它很簡單、非常現代，而且風格獨特，採光也好。從屋內向外望，你可以看見很多東西……呃，就像是把你以前見過的東西換了一個角度看。有意思，很有意思。是誰設計的？建築師是英國人還是外國人？」

我告訴他是桑托尼克。

「嗯，」他說，「我想我在什麼地方讀過他的報導。是不是《家居與園藝》？」

我說他相當有名。

「希望哪天有機會見見他，雖然我不知道該和他聊什麼才好。我沒什麼藝術品味。」

接著他請我們定個日子，過去和他們夫婦共進午餐。

「你們可以看看我的房子。」他說。

「我想，應該是老房子了？」我問。

「建於一七二〇年。一個很好的年代。最早蓋的那棟是伊莉莎白女王時代的風格，一七〇〇年左右被燒毀，後來在原址又蓋了一棟。」

「這麼說，你一直住在這裡？」我說。

我當然並非指他一個人，不過他聽得懂。

「是的，我們家自從伊莉莎白時代以來，就一直住在這裡。我們繁榮昌盛過，也窮困潦倒過，情況糟的時候賣地，好轉一些再買回來。我會很樂意帶兩位去看我們的家，」他說完，又帶著微笑對愛荔說：「我知道，美國人喜歡老房子。而你，」他對我說：「大概就是那種認為老房子無足可觀的人。」

「我不會假裝我對過去的東西了解很多。」我說。

他踏著大步離開了。他的車裡有隻長毛獵犬等著他。那是一部油漆已經剝落的老爺車，不過我現在已經可以看出事情的輕重。我知道，在這一片土地上他依然是神，而且他在我們身上蓋下了許可的印章。我看得出來，他喜歡愛荔。我順水推舟地判斷他想必也喜歡我，雖然我注意到，他時不時會對我投以審視的眼光，彷彿在對一個他從未碰過的東西做出即時的判斷。

我回到客廳，愛荔正小心翼翼地把玻璃碎片放進廢紙簍裡。

「它破了我很難過，」她說，語帶遺憾。「我喜歡這個杯子。」

「我們可以買個類似的，」我說，「它是現代的產品。」

「我知道！剛才你為什麼那麼吃驚，邁克？」

我想了想。

「是費爾波剛說的一些話。它讓我想起我小時候發生過的一件事。我和一個同學一起逃課，跑去一個池塘溜冰。冰面根本承受不了我們的重量，我們真是兩個小傻瓜。結果他掉進水中淹死了，沒人來得及救他。」

「好可怕。」

「是啊。我早就忘了那件事，直到費爾波提起他的兄弟我才又想起來。」

「我喜歡他。邁克，你呢？」

「喜歡，非常喜歡。不知道他太太人怎麼樣。」

接下來的那個星期，我們早早就去了費爾波夫婦家和他們共進午餐。那是棟喬治王朝式的白色宅邸，線條頗為漂亮，不過很難讓人眼睛一亮。屋內擺設很簡單，但很舒適。長長的飯廳牆上掛著很多幅畫，我想都是主人祖先的肖像。我覺得大部分的畫像都很難看，不過如果清潔整理過，說不定看起來會好些。我非常喜歡其中一幅穿著粉色綢緞衣服的金髮女郎。費爾波少校面帶微笑說道：「你挑的是我們最好的一幅畫。它是庚斯博羅畫的，是幅好畫，雖然畫中人在當時惹上不少麻煩。大家強烈懷疑她毒殺了丈夫。這可能是出於偏見，因為她是個外國人。是傑維斯．費爾波從國外某個地方把她帶回來的。」

幾個鄰居也被請來和我們見面。蕭醫生上了年紀，人很親切，可是看來一臉倦容。我們還沒吃完飯，他就匆匆離開了。我們還見到了那位年輕誠懇的牧師、一個聲音粗啞活像養了一頭威爾斯狐頭狗的中年女子，和一個身材苗條、名叫克勞蒂．哈德卡梭的黑髮美女，她像是為了馬而活，雖然嚴重的花粉熱為她帶來不少困擾。

她和愛茘相處甚歡。愛茘很喜歡騎馬，也同樣為過敏所困。

「在美國，我主要是對劉寄奴屬植物過敏，」愛茘說，「有時候對馬也會。不過現在我比較沒有這種煩惱，因為醫生會開很好的藥來對抗各式各樣的過敏症。我會給你幾個我吃的膠囊，是鮮橘色的。只要你記得出發前吃一片，連噴嚏都不會打一個。」

克勞蒂．哈德卡梭說那太好了。

「駱駝對我來說比馬還糟，」愛茘說，「去年我去埃及，整段金字塔之旅簡直是涕淚相伴。」

愛茘說，有些人對貓過敏。

「還有枕頭。」她們還在談過敏。

我坐在費爾波太太身旁。她高高瘦瘦，像根柳條似的，一面吃著豐盛的午餐，一面談著她的健康。她巨細靡遺地解說她罹患的各種疾病，說醫學界不少知名專家對她的案例都束手無策。偶爾她的注意力會稍稍轉移，問我以何種工作維生。我避而未答，她於是興味索然地問我認識些什麼人。我本待照實說「誰都不認識」，不過我想還是別這麼說得好，尤其她既非勢利小人，也不是真想知道。至於那位狐頭狗太太（我沒聽清楚她真正的姓氏）問的問題可就徹底得多了，不過我讓她的注意力轉移到了獸醫普遍的惡行和無知上。除了乏味，一切都一團和氣，令人開心。

後來，我們到花園散步，克勞蒂．哈德卡梭走到我旁邊。

她的話甚是突兀。「我聽說過你……從我哥哥口裡聽到的。」

我很驚訝。我怎麼也想不到我竟然認識克勞蒂．哈德卡梭的哥哥。

「你確定嗎？」我說。

「事實上，你的房子就是他蓋的。」

她似乎覺得好笑。

「你是說桑托尼克是你哥哥？」

「同母異父的哥哥。我和他不很熟，我們很少見面。」

「他很棒。」我說。

「我知道有些人是這麼認為。」

「而你不認為？」

「我從來就不了解他，他有雙重性格。有一陣子他一敗塗地，沒人想和他有任何瓜葛。可是後來，他好像變了。他開始以極度特立獨行的作風在他那一行出人頭地。就像是……」她頓了頓，思索著一個適當的形容詞。「完全投入。」

「我認為他就是那樣。」

我接著問她，有沒有看過我們的房子。

「沒有，沒看過它完工後的樣子。」

我告訴她，哪天一定要來看。

「我不會喜歡的，我可是警告你。我不喜歡現代房子。我最喜歡安娜女王時代風格的建築。」

她說她準備提名愛荔參加高爾夫俱樂部。而且她們打算一起去騎馬。愛荔打算買匹馬，說不定不只一匹。她和愛荔好像已經交上了朋友。

費爾波帶我去參觀馬廄，他簡短地提到了克勞蒂。

「非常善於騎馬、縱狗、打獵，」他說，「可惜把自己的生活搞得一塌糊塗。」

「真的？」

「她嫁了一個有錢人，比她大很多，是個美國人，姓勞伊德。婚姻不成功，幾乎一結婚就分手了，她又恢復原來的姓氏。我想她不會再結婚了，她仇視男人。可惜。」

我們開車回家途中，愛荔說：「挺乏味的……不過很溫馨。那些人都很好。我們在這裡會很快樂，你說是不是，邁克？」

「是的，我們會很快樂。」

我把握著方向盤的手放在她手上。

回到家，我先讓愛荔在門口下了車，自己把車開進車庫。

我朝房子走回去，聽見愛荔的吉他隱隱約約發出撥弦聲。她有一把很漂亮的西班牙古董吉他，一定很值錢。她常在吉他的伴奏下以溫柔感傷的聲音低聲吟唱，非常好聽。她唱的歌我多半沒聽過，我想有些是美國的黑人靈歌，有些是愛爾蘭和蘇格蘭的古老民謠——甜美而感傷——都不是流行音樂之類的，大概算是民歌。

我走過露台，進屋前在落地窗外停下腳步。

愛荔正在唱一首我最喜歡的歌。我不知道那首歌的歌名。她低著頭，一面輕輕撥弄吉他，一面低聲吟唱。那旋律甜美而憂傷，令人難忘。

人生有喜亦有悲
如果你明白這一點
我們就能安全走過人間

每個夜晚，每個早晨
有人生來多災多難
每個早晨，每個夜晚
有人生來甜蜜溫暖
有人生來甜蜜溫暖
有人生來長夜漫漫……

她抬頭看見我。

「你為什麼這樣看我，邁克？」

「怎樣看你？」

「你看我的樣子好像你愛我……」

「我當然愛你。要不然我該怎樣看你？」

「可是你心裡在想什麼？」

我幽幽地回答了她，而我說的是實話。

「我在想我初見你的那一刻。你站在一棵樅樹旁邊。」

是的，我一直記得初見愛荔那一瞬間心頭的驚訝和激動。

愛荔對我微微一笑，又溫柔地唱起歌來：

每個早晨，每個夜晚
有人生來甜蜜溫暖
有人生來甜蜜溫暖
有人生來長夜漫漫……

人往往察覺不到一生中真正重要的時刻；等到察覺到了卻為時已晚。我們去和費爾波夫婦共進午餐、開開心心回到家的那一天，就是一個這樣的時刻。可惜當時我並不知道。

我說：「唱那首蒼蠅的歌吧。」

她就換了歡快的舞曲旋律，開口唱道：

小小的蒼蠅
你在夏日的嬉戲
被我輕率的手
一掃而終。
難道我不是
一隻蒼蠅如你？

難道你不是
一個男人如我？
我又唱又跳
大口飲酒
直到一隻魯莽的手
掃去了我的翅膀。
如果思想就是生命
就是力量和呼吸
那麼缺乏思想
就是死亡；
所以我是
一隻快樂的蒼蠅
不管是活著
還是死去。

噢，愛荔，愛荔。

15

世事難料得令人驚訝，有時候事情的發展和你預期的竟然完全不同！

我們搬進我們的房子，住了下來。一如我先前的盤算和計畫，我們和那些人都離得遠遠的。只是，當然，我們沒能遠離每一個人。大事小事以林林總總的方式越過海洋蜂擁而至。

首先是愛荔那個可恨的繼母。她又是寫信又是電報，要愛荔去見房地產經紀人。她說我們的房子把她給迷住了，所以她一定也要在英國擁有一棟自宅。她說她樂於每年到英國住上幾個月。而她最後一封電報還沒到，人就到了。我們不得不帶她到附近看看。最後，她算是看中了一棟房子，離我們只有十五哩遠。我們不希望她來，對她那個點子更是深惡痛絕，可是我們無法啟齒告訴她。或者，我的意思其實是：就算我們告訴她，而如果她硬是要買那棟房子，我們也不可能阻止得了。我們不能命令她別來，我知道，這是愛荔最不希望的事。而就在她等待土地評估報告的同時，又收到了一堆電報。

法蘭克姑丈似乎惹上了麻煩。我想八成是詐欺之類的勾當，這表示他需要一大筆錢才能脫困。更多的電報在李平柯先生和愛荔之間來來去去。接下來，史坦佛．勞伊德和李平柯先生之間出現了一些問題。他們因為愛荔的某些投資而起了爭執。我因為無知和輕信，曾經以為那些美國人離我們很遠很遠。我萬萬沒想到，搭二十四小時的飛機飛來英國又飛回美國，對愛荔那些親戚和業務代理人來說根本就是小事一樁。先是史坦佛．勞埃德飛來又飛了回去，接著是安德魯．李平柯飛了過來。

愛荔不得不去倫敦和他們見面。我對這些財務上的事情還沒抓住竅門。我覺得每個人說話都小心翼翼，不過一定是關於愛荔的信託財產，其中還隱含著一種不好的可能性：不是李平柯先生延誤了事情的處理，就是史坦佛．勞伊德在凍結帳目。

在這些憂慮煩心的事情當中，愛荔和我發現了我們的「福地」。先前我們其實還沒有走遍我們這塊地產，只走過房子周圍那一塊。我們常常信步沿著穿越樹林的小徑往前走，看它會把我們帶到何處。有一天，我們沿著其中一條小徑前行，一路上都是茂密的樹叢，簡直看不出前面有路。不過我們終於走出一條路徑，來到那塊愛荔稱為「福地」的地方。那是一個看來可笑、有如小廟宇的白色建築，狀況維持得不錯，於是我們將它清理又重新漆過，在裡面擺了一張桌子和幾把椅子，一條長沙發和一個角櫃，角櫃裡我們也放了碗盤、玻璃杯和幾個瓶子。這真的很好玩。愛荔提議我們把小徑清乾淨，爬上來會比較容易。我說不要，如果除了我倆之外沒人知道這個地方，那不是更有意思。愛荔認為這個想法很浪漫。

「我們絕對不能讓珂拉知道。」我說，愛荔也欣然同意。

有一次（不是第一次而是後來某一次珂拉離開後，我們渴望重拾以往的平靜），下山途中一路上在前頭蹦蹦跳跳的愛荔突然被樹根絆倒，扭傷了腳踝。

蕭醫生來了，說她傷得不輕，不過一星期後應該就能走動。愛荔於是寫信請葛莉塔來。我無法反對。這裡確實沒有人能夠好好照顧她……我是指女人。我們的僕人很沒用，而且愛荔就是要葛莉塔。葛莉塔就這麼來了。

她的到來對愛荔來說當然是極大的安慰。而就當時來說，對我也是。她安排一切，讓整個家正常運轉。我們的僕人這時紛紛提出了辭呈。他們說這棟房子太孤單，不過，我想其實是珂拉惹惱了他們。葛莉塔去登廣告，幾乎立刻就雇到了一對夫妻。她照料愛荔的腳踝，逗愛荔開心，為愛荔取來愛荔喜歡的東西，例如書籍、水果之類的……她深知愛荔喜歡什麼，而我對這些一無所知。

她們在一起似乎開心極了。愛荔當然很高興見到葛莉塔。總而言之，葛莉塔就沒再離開了。她會長住在這裡。

愛荔對我說：「你介不介意，如果葛莉塔再住一段時間？」

我說：「噢，不會。我當然不介意。」

「有她在我覺得好安慰，」愛荔說，「你知道，我們在一起可以做很多女人家的事。身邊沒有別的女人，我覺得好孤單。」

每天我都注意到葛莉塔愈來愈會自作主張、發號施令，有如君臨天下。我一直假裝我很樂意讓葛莉塔在家裡長住，可是有一天，當愛荔高抬著傷腳躺在客廳，我和葛莉塔在外面的露台上突然吵起架來。我不記得一開始到底是什麼話起的頭，反正是葛莉塔說了什麼惹火了我，我立刻還以顏色。我們吵個沒完，針鋒相對，互不相讓，兩人嗓門都提高了。她攻擊我，說出所有她想得出的尖酸、刻薄的話，我則是以牙還牙，毫不遜色。我指責她專橫、愛干涉人，說她對愛荔影響過深，我不願再容忍她對愛荔頤指氣使。我們倆互相咆哮，愛荔突然踉踉蹌蹌走進露台。她看看我又看看她，我說：「親愛的，對不起，我非常抱歉。」

我回到屋內，將愛荔安頓在沙發上。她說：「我不知道。我一點也不知道你……你其實很不喜歡葛莉塔住在家裡。」

我安慰她，讓她平靜下來。我要她別在意，說我只是控制不住脾氣，有時候我是有點好鬥。我說我只是認為葛莉塔有點霸道，而她的霸道可能是很自然的，因為她向來如此。最後我說我其實很喜歡葛莉塔，只是因為心情憂悶才發了脾氣。最後，我懇求葛莉塔繼續留下來，這件事就這樣畫下了句點。

我們那場架吵得驚天動地，我想家裡很多人都聽見了。新來的男僕和他的妻子一定也聽到了。我火氣上來的時候確實會大肆咆哮。我想我是做得過頭了些。但我就是那個樣子。

葛莉塔對愛荔的健康似乎十分擔心，老說她不該做這個或那個。

「你知道，她其實沒那麼強壯。」她對我說。

「愛荔一點毛病也沒有，」我說，「她的身體一直好得很。」

「才不呢，邁克，她很脆弱。」

蕭醫生再度上門來看愛荔的腳踝，他告訴她腳傷恢復得差不多了，如果她要在粗糙的地面上行走，只要包紮起來就好。我問了一個男人常問的傻問題。

「蕭醫生，她並不脆弱，對吧？」

「誰說她脆弱來著？」蕭醫生是那種如今已經很少見的醫生，事實上，當地人都叫他「無為而治的蕭醫生」。

「就我看來她一點問題也沒有，」他說，「任何人都會扭傷腳踝。」

「我不是指她的腳踝。我是懷疑她有沒有心臟病之類的。」

他的眼神透過鏡片上方朝我掃來。

「年輕人，少胡思亂想！你怎麼會有這種想法？你不是那種會擔心女人生病的男人。」

「是安德森小姐說的。」

「啊，安德森小姐。她懂什麼？她沒有醫療人員的資歷，對吧？」

「當然沒有。」我說。

「你太太非常有錢，」他說，「至少本地人都這麼說。當然，有些人以為所有的美國人都很有錢。」

「她是很有錢。」我說。

「噢，那你必須記住，有錢的女人在很多方面都很悲哀。總有些醫生會開藥粉和藥丸給她們吃，興奮劑、麻醉藥、鎮靜劑，總而言之，就是一大堆她們不吃會更好的東西。鄉下女人健康得多，就是因為沒有這麼擔心自己的健康。」

「她確實有服用一些膠囊之類的東西。」我說。

「如果你願意，我可以替她檢查檢查，說不定會發現他們給她吃了什麼亂七八糟的東西。我告訴你，以前我都會這麼說：『把那些東西全都扔到垃圾桶去』。」

他離開前和葛莉塔談了一會。他說：「羅傑斯先生要我替羅傑斯太太做個健康檢查。我沒發現她有什麼大毛病。我想多去戶外運動對她會有好處。她平常都吃些什麼藥？」

「她累的時候會吃一種藥丸，還有一些以備不時之需的安眠藥。」

她帶蕭醫生去看愛茘的處方藥。愛茘微微笑了笑。

「蕭醫生，這些藥我其實沒在吃，」她說，「我只吃治過敏症的膠囊。」

蕭醫生看看膠囊，讀了它的說明，說這些藥沒有壞處。接著他又去看安眠藥的說明。

「你睡眠有問題？」

「來鄉下住以後就沒問題了。自從來到這裡，我一片安眠藥也沒吃過。」

「噢，這樣很好，」他拍拍她肩頭。「親愛的，你一點毛病也沒有。我想，只是有時候比較愛操心，其他沒別的。這些膠囊藥性溫和，現在很多人都吃，不會造成任何傷害。你可以繼續吃，不過安眠藥就別碰了。」

「我不知道我為什麼會擔心，」我對愛荔說，像是道歉。「我想是葛莉塔的關係。」

「噢，」愛荔說，一面笑起來。「葛莉塔對我的事老是大驚小怪。她自己從來不吃藥。邁克，我們得來個大出清，把這些東西都扔了。」

愛荔和我們大部分的鄰居都處得非常好。克勞蒂・哈德卡梭時常來訪，偶爾也和愛荔一起去騎馬。我不騎馬，我一輩子都在弄汽車和機械。我對馬一無所知，雖然我曾經在愛爾蘭清掃過幾個星期的馬廄，不過我暗自盤算著，等哪天我們去倫敦的時候，我要找個漂亮的賽馬場，學習如何正確騎馬。我不想在這裡學。別人很可能會笑話我。我想，騎馬對愛荔或許有好處。她似乎樂在其中。

葛莉塔也鼓勵她騎馬，雖然葛莉塔自己對馬術也是一無所知。

愛荔和克勞蒂一起去過一個拍賣場，在克勞蒂的建議下，愛荔買下了一匹名叫「征服者」的栗色馬兒。我叮嚀愛荔單獨出門騎馬的時候要小心，她卻笑我多事。

「我從三歲大就開始騎馬了。」她說。

就這樣，她通常一星期出門騎馬兩三回之多。葛莉塔則是常常開車到查德韋市場去買東西。

有一天，我們正吃著午餐，葛莉塔說：「你們和那些吉卜賽人！今天早上有個面目猙獰的老女人站在馬路中央，我差點沒把她撞倒。她突然站在車子前面，我只好緊急煞車。她也跟著我上了山。」

「是嗎？她要幹什麼？」

愛荔聽著我們說話，自己一語不發。我覺得她的神色似乎很擔心。

「該死，她竟然威脅我。」葛莉塔說。

「威脅你？」我立刻接口。

「沒錯。她要我離開這裡。她說：『這是吉卜賽人的土地。滾回去，滾回你們自己的土地去。如果你要保命，從哪裡來就回到哪裡去。』她還舉起拳頭在我面前猛揮。她說：『我要詛咒你們，你們一輩子也不會有好運道。』她又說：『你們買了我們的土地，還在上面蓋房子。我們不要這塊本該是搭帳篷的地方有房子。』」

葛莉塔還說了很多。愛荔事後微蹙著眉頭對我說：「聽起來簡直匪夷所思。你不認為嗎，邁克？」

「我想葛莉塔是誇張了點。」我說。

「她的話不知道哪裡有些不對勁，」愛荔說，「我懷疑有些是葛莉塔編造的。」

我思索片刻。

「她為什麼要編造那種事情？」我隨即又問，「你最近沒有見到我們那位艾絲特吧？出門騎馬的時候沒見過？」

「你是說那個吉卜賽女人？沒有。」

「你好像不太確定，愛荔。」我說。

「我想我是看過她幾眼，」愛荔說，「你知道，她就站在樹叢裡探頭探腦，不過總是離我很遠，所以我不確定。」

可是有一天愛荔騎馬歸來，臉色蒼白，渾身發抖。那個老太婆從樹叢裡走出來，愛荔勒住馬，停下和她說話。她說那個老太婆朝她揮舞拳頭，還喃喃說著什麼。愛荔說：「這一次我真的生氣了，我就說：『你到底要幹什麼？這塊土地不是你的。這是我們的地，我們的房子。』那個老太婆說：『它永遠也不會是你們的，永遠也不會屬於你們。我已經再三警告過你，以後我不會再警告你了。我可以告訴你，你的日子不多了。我看見了死神，就站在你左肩後面。死神就站在你身邊，他就要來找你。你騎的馬有一隻腳是白色的。你難道不知道騎這種馬會帶來厄運？我看見死神，而你們蓋的那棟豪宅也會變成廢墟！』」

「我非阻止她不可了！」我火冒三丈地說。

愛荔這回沒有一笑置之。她和葛莉塔似乎都心煩意亂。我直奔村裡，先到李老太婆的小屋去。我在外頭徘徊了一陣，裡頭沒點燈，所以我就轉往警察局去。我認識局裡負責的警官，基恩警官，一個正直而理性的人。他聽我說完，這才開口說道：「很抱歉讓你碰到這種麻煩。她很老了，有可能變得很煩人。不過目前為止，她一直沒有替我們帶來什麼大麻煩。我會找她談談，要她別再打擾你們。」

「那就麻煩你了。」我說。

他躊躇片刻，接著說道：「我不喜歡含沙射影，不過，羅傑斯先生，這附近有沒有什麼人可能因一些微不足道的事，想伺機報復你或你太太？」

「我認為絕無可能。你為什麼這麼問？」

「李老太婆最近手頭上多了不少錢。我不知道她那些錢是從哪裡弄來的。」

「你的意思是……」

「說不定有人買通她……某個希望你們搬離這裡的人。這裡曾經出過一樁意外，多年前的事了。她拿了村裡某人的錢，把一個鄰居嚇跑。她的伎倆和這回一樣，威脅、警告、裝神弄鬼。鄉下人是很迷信的。打個比方來說，在英國，有巫婆的村莊，數目之多會讓你大吃一驚。那一回她被我們警告過，據我所知，以後就沒做過類似的勾當，不過事情也有可能是這樣。她很愛錢，他們會為錢做出很多事……」

可是我無法接受這個解釋。我對基恩指出，我們在本地是完完全全的陌生人。

「我們還沒有時間樹敵。」我說。

我帶著憂心和不解，慢慢走回家，走到露台轉角時，聽見愛荔隱隱約約的吉他撥弦聲。一個原本站在落地窗前向內望的高瘦身影驀然轉過身，朝我走來。一時之間，我還以為他是個吉卜賽人，當我認出那人原來是桑托尼克，這才鬆了一口氣。

「噢，」我說，微喘著氣。「是你。什麼風把你吹來的？我們有幾個世紀沒收到你的信了。」

他沒有直接回答我，只是抓住我的臂膀，把我帶離落地窗前。

「原來她在這裡！」他說，「我不意外。我知道她遲早會來。你為什麼要讓她來？她很危險，你應該知道。」

「你是說愛荔？」

「不，不是愛荔，是另一個！她叫什麼名字？葛莉塔？」

我瞪著他。

「你知道葛莉塔是個什麼樣的人，對吧？她來了，對吧？她來是為了強取豪奪！你現在擺脫不了她了。她來了就會留下來。」

「愛荔扭傷了腳踝，」我說，「葛莉塔來照顧她。她……我想她不久就會離開。」

「這種事你根本不懂。我知道，她早就打算來了。建屋期間她曾經來過，我當時就把她的斤兩掂得清清楚楚。」

「愛荔好像很需要她。」我訥訥地說。

「沒錯，她和愛荔在一起很久了，對吧？她很知道如何左右愛荔。」

這話李平柯也說過。而這陣子連我自己都看得出來，這話千真萬確。

「你希望她留下來嗎，邁克？」

「我總不能把她趕出我家吧？」我說，語帶惱怒。「她是愛荔的老朋友，最好的朋友。天知道我能怎麼辦？」

「對，」桑托尼克說，「我想你一點辦法也沒有，對吧？」

他看著我。那是種非常奇怪的眼神。桑托尼克是個怪人，你從來不知道他的話到底是什麼意思。

「你知道你要去哪裡嗎，邁克？」他說，「你有沒有一點腦筋？有時候我覺得你什麼都不知道。」

「我當然知道，」我說，「我在做我想做的事；我要去我想去的地方。」

「是嗎？我懷疑。我懷疑你是不是真的知道自己要什麼。在你和葛莉塔的對抗中，我替你擔心。她比你強大，你知道的。」

「我不懂你怎麼會這麼想。這和力量沒有關係。」

「沒有關係嗎？我認為有關係。她是那種強勢的人，永遠會達到自己的目的。你自己也說過，你原本並不打算讓她來，而她現在不但來了，還留了下來。我一直在觀察她們。她和愛荔並肩而坐，一起待在家裡，也適應了新居。你算什麼，邁克？一個外人？難道你不是外人？」

「你瘋了，竟說這些話。你是什麼意思……我是外人？我是愛荔的丈夫，不是嗎？」

「你是愛荔的丈夫，還是愛荔是你的妻子？」

「你真笨，」我說，「這有什麼差別？」

他嘆了口氣，突然雙肩一垂，彷彿身上的活力消失了。

「我拿你沒轍，」桑托尼克說，「我無法讓你聽懂我的話，我無法讓你理解。有時候我覺得你其實心裡明白，有時候又覺得你對自己和任何人都無知得很。」

「聽著，」我說，「我從你的身上學到了很多，桑托尼克。你是個很棒的建築師，可是……」

他的臉色變得很奇怪。

「沒錯，」他說，「我是個很好的建築師。這棟房子是我最好的作品。我幾乎對它百分之百滿意了。你想要一棟這樣的房子，愛荔也想要一棟這樣的房子，和你一起住在裡面。她得到了它，你也是。邁克，趁現在還不晚，把另一個女人打發走。」

「我怎麼能讓愛荔難過？」

「那個女人已經讓你俯首帖耳了。」桑托尼克說。

「聽好了，」我說，「我不喜歡葛莉塔，她讓我很心煩，前幾天我還和她大吵了一架。可是事情沒你想像得那麼簡單。」

「對，和她有關的事不會簡單。」

「不管是誰把這個地方稱為吉卜賽莊園，並且說它曾經被下過魔咒，那人一定沒存什麼好心眼，」我憤憤地說，「吉卜賽人從樹叢後面跳出來對我們揮舞拳頭，警告我們如果不離開，厄運就會從天而降。這地方本該是善而美的。」

這些話很奇怪，尤其是最後那句。雖然說的人是我，但聽來彷彿是從別人口中冒出的。

「沒錯，它本該是那樣，」桑托尼克說，「它應該是那樣。可是如果某種邪惡的力量控制了它，它就變不成那樣，對吧？」

「你該不會是相信⋯⋯」

「我相信許多稀奇古怪的事。我對魔鬼懂得一些。難道你沒發現，難道你不常認為，我身上有一部分就是魔鬼？我一直都是。那就是為什麼我會知道它近在身邊，雖然我不見得知道它的正確位置。我希望我蓋的這棟房子遠離邪惡。你明白嗎？」他的語氣透著威脅。「你懂嗎？這對我來說很重要。」

接著他的態度整個變了。

「來吧，」他說，「我們別胡言亂語了，進去看一看愛茘吧。」

於是我們穿過落地窗走進屋內。愛茘開心極了，她熱烈地招呼桑托尼克。

那天晚上，桑托尼克的表現完全正常。他理性、迷人、輕鬆愜意，沒有一點矯揉造作。他和葛莉塔聊得最多，有如恩寵般地把他的魅力散發給她。而他確實魅力無窮。任何人都會信誓旦旦地說他被她迷住了，說他喜歡她，所以急於討好她。這讓我感到桑托尼克是個危險的人。他身上有許多我沒見過的東西。

葛莉塔對男人的仰慕一向有所反應。她展現出最好的一面。平常她的美貌時而隱藏時而顯露，而那天晚上，她的美麗是我前所未見的。她對著桑托尼克微笑，著迷似地聽他說話。我不知道他心裡在打什麼主意。你永遠不會了解桑托尼克。愛茘說她希望他能多待幾天，而他搖搖頭。他說他隔天一早就得離開。

「你正在蓋房子嗎，很忙？」
他說沒有，他剛從醫院出來。
「他們又把我修補了一次，」他說，「不過，這可能是最後一次了。」
「修補？他們怎麼修補你？」
「從我體內抽出壞血，注入新鮮的好血。」他說。
「噢。」愛荔微微打了個寒顫。
「別擔心，」桑托尼克說，「這種事永遠不會發生在你身上。」
「可是為什麼要發生在你身上？」愛荔說，「太殘忍了。」
「噢，不，並不殘忍，」桑托尼克說，「我聽見了你剛唱的歌。『人生有喜亦有悲，如果你明白這一點，我們就能安全走過人間。』我會安全走過人間的，因為我知道我來這裡的目的是什麼。至於你，愛荔，『每個夜晚，每個早晨，有人生來甜蜜溫暖。』它說的就是你。」
「我希望再有安全感一點。」愛荔說。
「難道你感到不安全？」
「我不喜歡被威脅，」愛荔說，「我不喜歡任何人詛咒我。」
「你說的是吉卜賽人？」
「是的。」

「別去管它，」桑托尼克說，「至少今晚別管它。讓我們開心點，愛荔，祝你健康，祝你長壽……至於我，祝我有個迅速、仁慈的結束；還有，祝邁克好運……」

他的話戛然而止，接著他向葛莉塔舉起杯子。

「噢，」葛莉塔說，「你要祝我什麼？」

「我要祝你，心想事成！我們不妨就說是馬到成功吧，怎麼樣？」他說，口氣帶著謎般的譏諷。

第二天一早他就走了。

「多麼奇怪的人。」愛荔說，「我從來就不了解他。」

「他說的話有一半我都沒聽懂。」我回答她。

「他懂得很多事情。」愛荔若有所思地說。

「你的意思是他能預知未來？」

「不是，」愛荔說，「我不是這個意思。他懂得人。我曾經對你說過，他對人的了解遠甚於人對自己的了解。有時候他討厭人，是因為他太了解他們；有時候則是為他們難過。可是，他並不為我難過。」她若有所思地說。

「他為什麼要為你難過？」我問她。

「噢，因為……」愛荔沒有說完。

16

隔天下午，我匆匆走過那片樹林最幽深之處。那一塊松林樹影幢幢，比什麼地方都令人恐懼。我看見一個又高又長的女人身影站在車道上。我下意識地退後一步。我以為她是那個吉卜賽老太婆，可是當我看清了她，不禁又驚又愕。是我的母親。她就站在我面前，高大的身材，一臉的陰鬱，滿頭的白髮。

「老天，」我說，「媽，你嚇了我一跳。你怎麼會在這裡？來看我們嗎？我們邀請你好多次了，對吧？」

其實我們沒有。我只提出過一次不溫不熱的邀請，就這樣。而且我的措辭保證是我母親不會接受的那種。我不希望她來，我從來就沒想要她來。

「你說得對，」她說，「我終究還是來看你們了。我來看看你們是不是安好。原來這就是你那棟富麗堂皇的房子。它果然富麗堂皇啊。」她說，目光望向我的肩後。

我從她的話中嗅到一絲我早就料到的不以為然和嘲諷。

「對我這樣的人來說太豪華了，是吧？」我說。

「孩子，我沒這麼說。」

「可是你這麼想。」

「那不是你天生就該擁有的東西。跳脫自己的身分階層對你沒好處。」

「如果每個人都聽你的，沒有人會出人頭地。」

「啊，我懂得你的話，也知道你是這麼想，可是就看不出來野心對任何人有任何好處。那東西不過是虛有其表而已。」

「噢，看在上帝份上，別再烏鴉嘴了，」我說，「來吧，上來看看我們富麗堂皇的家，然後再對它嗤之以鼻。你也可以看看我高貴的妻子，如果你有膽量的話，也可以對她嗤之以鼻。」

「你的妻子？我已經見過她了。」

「你已經見過她？這是什麼意思？」我問。

「原來她沒告訴你，是吧？」

「什麼？」我又問。

「她來看過我。」

「她去看過你？」我再問，簡直瞠目結舌。

「沒錯。有一天她站在門外按門鈴，看來有點怯生生的。很漂亮的女孩子，也很貼心，儘管一身穿戴華麗。她說：『您是邁克的母親，是嗎？』我說：『是的，你是誰？』她說：『我是他的妻子。』她又說：『我必須來看您。我不該不認識自己的婆婆。』我說：『我敢打賭，他一定不希望你認識我。』她猶豫著不知說什麼好，我就說：『告訴我沒關係。我了解我兒子，我知道他要什麼，不要什麼。』她說：『您以為他以您為恥，因為你們很窮，而我很有錢，但完全不是這樣。不是的，真的不是。』我就說：『小姐，你不必告訴我這些。我知道我的孩子有什麼弱點。他的弱點不是這個。他並不以他的母親為恥，也不以他自己的出身為恥。』

「『他並不以我為恥，』我對她說，『他其實是怕我。你知道，我太了解他了。』她似乎覺得我的話很好笑。她說：『我想做母親的總是這麼想，認為她們了解兒子的一切。而我想做兒子的面對母親總覺得不自在就是因為這個原因！』

「我的話在某種程度上或許是真的。你小時候老是對別人裝腔作勢，炫耀吹噓。我想起自己。那時候我還小，寄住在姑姑家。我床前的牆上有一個鍍金畫框，裡頭有一隻好大的眼睛，畫上寫著：『上帝在看你。』我每次上床睡覺的時候總是毛骨悚然。」

「愛茘應該告訴我她去看過你，」我說，「我不知道她為什麼要保密。她應該告訴我。」我生氣了，非常生氣。我一點也沒想到愛茘會對我保密這種事。

「她也許是擔心你生氣。不過她沒有理由懼怕你，兒子。」

「來吧，」我說，「來看看我們的房子。」

我不知道她喜不喜歡我們的房子。我想是不喜歡。她參觀完房間，挑起眉毛，步入外有露台的客廳。愛荔和葛莉塔坐在那裡。她們剛從外面進來，一襲鮮紅色的羊毛斗篷半披半掛在葛莉塔肩上。母親看著她們，一時之間她就這麼站著，彷彿腳下生了根。愛荔從座位上一躍而起，跑了過來。

「噢，是您！」接著她轉向葛莉塔說道，「這是邁克的母親，她來看我們和我們的房子。好棒，對吧？這位是我的朋友，葛莉塔·安德森。」

愛荔伸出雙手握住母親的手，母親細細打量她，接著目光越過她肩頭，細細打量起葛莉塔來。

「我明白了，」她自言自語道，「我明白了。」

「您明白了什麼？」愛荔問。

「我是在想，」母親說，「不知道以後這裡會變成什麼樣子。」她四下看看後又說：「沒錯，是棟好房子。漂亮的窗簾，漂亮的椅子，漂亮的畫。」

「您一定得喝點茶。」愛荔說。

「看來你們好像剛喝完。」

「茶是永遠喝不完的。」愛荔說完，接著對葛莉塔說：「我不搖鈴叫僕人了。葛莉塔，你到廚房泡壺新茶來好嗎？」

「當然好，親愛的。」

葛莉塔一面說一面步出客廳。她回頭望向我母親，銳利的眼神中帶著害怕。

我母親坐下來。

「您的行李呢？」愛荔說，「您來這裡會住上一陣子吧？我很希望您住下。」

「不，小姐，我不住了。半小時後我就搭火車回去。我只是來看看你們。」接著她趕緊補上一句，大概是想趕在葛莉塔回來之前說出口。「你別擔心，親愛的，我已經把你來看我的事告訴他了。」

「對不起，邁克，我沒有告訴你，」愛荔說，語氣很堅決。「因為我覺得還是不告訴你得好。」

「她心地真是善良，」母親說，「你娶了個好女孩，邁克，而且很漂亮。是的，非常漂亮。」接著她又加上一句，聲音低得讓人聽不清，「很抱歉。」

「抱歉？」愛荔說，似乎有點不解。

「我為我過去的想法道歉，」母親說，接著又帶著些微的緊張說道：「噢，一如你所說，做母親的就是那樣。總是對媳婦疑神疑鬼。可是我一看見你，就知道他太幸運了。對我來說，這一切好得令我不敢相信，確實如此。」

「你扯太遠了吧，」我對她說，不過臉上帶著微笑。「我的品味一向出色。」

「你的品味一向昂貴，你的意思是這樣。」母親一面看著織錦窗簾說。

「說到昂貴的品味，他確實比我還可怕。」愛荔微笑著對她說。

「你得時不時提醒他省點錢，」母親說，「這對他的品德有好處。」

「我拒絕改善我的品德，」我說，「娶太太的好處是，你的太太會認為你的所作所為都是完美的。對吧，愛荔？」

愛荔似乎又開心起來。她大笑著說：「你太得意忘形了，邁克！這麼自命不凡。」

葛莉塔端著茶壺進來了。我們一開始的不自在已一掃而空，而不知何故，葛莉塔一回來，那種緊張又冒出頭來。無論愛荔如何勸說，母親就是拒絕留下，後來愛荔也就不堅持了。她和我一同陪著母親走過樹叢間蜿蜒的車道，來到鐵門口。

「這房子叫什麼名字？」母親突然問道。

愛荔說：「吉卜賽莊園。」

「噢，」母親說，「你們附近有吉卜賽人，是嗎？」

「你怎麼知道？」我問。

「我上來的時候就看見一個。她看我的眼神很怪異。」

「她其實不會怎樣，」我說，「只是有點瘋癲而已。」

「你為什麼說她有點瘋癲？她看著我的時候，眼神非常詭異。她和你們有仇？」

「我認為那不是真的，」愛荔說，「她說我們把她趕出了她的土地等等的。我認為那都是她的想像。」

「我想她是要錢，」母親說，「吉卜賽人就是那樣。有時候他們會大吵大鬧，說他們如何被人欺騙、欺負，可是只要在他們的手裡塞點錢，他們就不吵也不鬧了。」

「您不喜歡吉卜賽人？」愛荔說。

「他們是一群小偷。他們不好好工作，老是覬覦不屬於他們的東西。」

「噢，」愛荔說，「我們，我們……現在不會再擔心了。」

母親向我們道別，接著問了一句：「和你們住在一起的那個小姐是誰？」

愛荔對母親解釋，說葛莉塔在她婚前就陪她住了三年，又說如果沒有葛莉塔，她的人生會多麼悲慘。

「葛莉塔盡了最大努力來幫助我們。她是個很好的人，」愛荔說，「如果沒有她，我真不知道怎麼活下去。」

「她是來和你們住在一起還是作客而已？」

「噢，這個，」愛荔的回覆避開了那個問題。「她……她目前和我們住在一起，因為我前一陣子扭傷了腳，需要人照顧。不過我現在已經沒事了。」

「新婚夫婦一開始最好單獨住在一起。」母親說。

我們站在門口，目送著母親快步離去。

「她的個性很強。」愛荔若有所思地說。

我很氣愛荔，真的很氣，因為她沒告訴我就去找我母親。可是當她轉過身站在那裡望著我，一邊眉毛微揚，臉上帶著小女孩般半是羞怯半是滿足的可愛笑容，我忍不住軟化了。

「好個會騙人的小東西。」我說。

「噢，」愛荔說，「有時候我情非得已，你也知道。」

「這就像我看過的一齣莎士比亞戲劇。以前我在學校演過。」我刻意道出對白。「『她欺騙了她父親，可能還有你。』」

「你演什麼角色，奧賽羅？」

「不是，」我說，「我演那女孩的父親。我想這就是我還記得那段台詞的原因。事實上，那是我唯一的台詞。」

「『她欺騙了她父親，可能還有你。』」愛荔若有所思地說，「就我所知，我連我父親都沒騙過。說不定我以後會開始騙人。」

「我想他不會心平氣和地接受你嫁給我的事實，」我說，「他的反應不會比你繼母好。」

「對，」愛荔說，「我想他不會。我想，他是那種很傳統的人，」接著她又露出小女孩般的奇怪笑容。「所以，我想我非得像黛絲狄蒙娜那樣，欺騙父親和你私奔。」

「你為什麼那麼想見我母親，愛荔？」我好奇地問。

「我不是想見她，」愛荔說，「可是就這麼任由它去，讓我覺得不舒服。你不常提到你母親，然而據我猜想，她一定替你做了很多事。你困厄的時候替你解圍、努力工作好讓你多受教育，諸如此類的。我想如果我不去找她，似乎就是以富驕人，太惡劣了。」

「噢，那又不是你的錯，」我說，「其實是我的錯。」

「沒錯，」愛荔說，「我可以理解你為什麼不希望我去看她。」

「你是認為我在我母親面前會有自卑感？才不是，愛荔，我向你保證，絕對不是。」

「沒錯，」愛荔若有所思地說，「我現在知道了。原因其實是因為你不想讓她做很多母親都會做的事。」

「很多母親都會做的事？」我問。

「噢，」愛荔說，「我看得出來，她是那種很清楚別人該做什麼的人。我的意思是，她會希望你去找某種類型的工作。」

「沒錯，」我說，「找穩定的工作，安定下來。」

「反正現在也無所謂了，」愛荔說，「我敢說這是很好的建議，不過對你根本不適合。邁克，你不是會安定下來的人。你不喜歡穩定。你什麼都想看，什麼都想做……你想爬到世界的最高點。」

「我想和你待在這棟房子裡。」我說。

「待一陣子是可能的，而且我認為……我認為你會希望回到這裡來。我也是。我想我們每年都會回來，而且我們在這裡會比在其他任何地方都快樂。但你還是想去其他地方。你想去旅行，去看世界，去買東西。你或許會有新的構想，想重新布置這裡的花園。我們或許會去看義大利花園、日本花園和各式各樣的景觀庭園。」

「愛荔，你讓我們的生活看起來好多采多姿，」我說，「很抱歉我發了脾氣。」

「噢，我不介意你發脾氣，」愛荔說，「我並不怕你。」接著她皺起眉頭，加上一句：「你母親不喜歡葛莉塔。」

「很多人都不喜歡葛莉塔。」我說。

「包括你。」

「喂，愛荔，你總是這麼說。這不是真的。我起先只是有點嫉妒她，如此而已。我們現在處得很好了，」我又說，「我想她很容易讓人起戒心。」

「李平柯先生也不喜歡她，對吧？他覺得她對我影響太大。」愛荔說。

「是這樣嗎？」

「我不知道你為什麼這麼問。沒錯，我想她對我影響真的很大。這是很自然的，因為她的個性喜歡左右別人，而我必須找個人信任、依靠，一個會和我站在同一邊的人。」

「好讓你隨心所欲？」我笑著問她。

我們手挽著手走進屋內。那天下午不知怎地，房裡似乎很暗。我想那是因為太陽剛離開露台，留下一種昏暗的感覺。

愛荔說：「怎麼了，邁克？」

「我不知道，」我說，「我突然不寒而慄，彷彿『有人從我墳上走過』似的。」

「『一隻鵝從我墳上走過。』原來的諺語是這樣說的，對吧？」愛荔說。

葛莉塔不在。僕人們說她出門散步去了。

既然母親已經知道我的婚姻生活，也見過了愛荔，我就做了我其實早想做的事。我寄給她一張大額支票，勸她搬個好一點的家，替自己買點喜歡的新家具，諸如此類的。當然，我不認為她會接受。我處心積慮並不是為了錢，而且我也裝不了假。一如我所料，她把支票撕成兩半寄了回來，還附上一張龍飛鳳舞的紙條。「這對我毫無用處，」她寫道，「你永遠不會改變，我現在明白了。希望上帝救救你。」我把它摔到愛荔面前。

「你現在知道我母親是什麼樣子了吧，」我說，「我娶了一個有錢人家的小姐，我靠我有錢妻子的錢生活，而那個老悍婦不高興！」

「別擔心，」愛荔說，「很多人都會那麼想。她最後總會釋懷的。她非常愛你，邁克。」她又說。

「那她為什麼一直想改變我，要我變成她那個樣子？我是我自己，我不是任何人的模型。我不是一個可以讓她喜歡怎麼灌就怎麼灌成模子的媽媽的小男孩。我是我自己，我是大人了，我就是我！」

「你是你，」愛荔說，「而我愛你。」

或許是為了讓我分心，她接著說了一些令我不安的話。

「你覺得，」她說，「我們那個新來的男僕怎麼樣？」

我從沒想過他。他有什麼好想的？如果說有什麼區別，唯一的一點是我喜歡他勝過原來那個，因為以前那個男僕從不掩飾對我這階級的蔑視。
「還可以，」我說，「你為什麼這麼問？」
「我只是想，不知道他是不是保全人員。」
「保全人員？你是什麼意思？」
「就是偵探。我想這可能都是安德魯叔叔的安排。」
「他為什麼要這麼做？」
「呃，或許害怕我被綁架吧，我猜。你知道，在美國我們通常都帶著保鏢……尤其在鄉下。」
又一個我從來不知道的有錢人的缺點！
「多麼可怕的點子！」
「噢，這很難說。我想我是習慣了。沒關係，反正別人不會注意到。」
「他太太也是？」
「我想，她勢必是其中一份子，雖然她燒菜燒得很好。我想，安德魯叔叔或是史坦佛．勞伊德，不管是他們哪個人出的點子，一定付了一筆錢把原來的僕人打發走，然後安排這兩個人頂下那人的空缺。要這麼做很容易。」
「可是他們沒告訴你？」我說，口氣依然難以置信。
「他們根本不會想到要告訴我。我可能會大吵大鬧表示抗議。不管怎樣，我也可能誤會了他們，」她又說，神情帶著恍惚。「說不定只是因為我習慣身邊一直有那種人在，所以會有這種感覺。」

「可憐的富家千金。」我殘忍地說。

愛荔一點也不介意。

「我覺得你形容得很恰當。」她說。

「愛荔，我從你身上真的學到很多。」我說。

17

睡眠這檔子事是多麼難以理解。你上床的時候還在擔心吉卜賽人、躲在暗處的敵人、安插在你家的偵探、被綁架的可能和上百件其他事情，然而睡眠會把這一切一掃而光。你彷彿旅行到很遠的地方，不知道自己去了哪裡，可是一覺醒來，睜眼看到的是個全新的世界，沒有煩惱，沒有恐懼。然而，九月十七日當我醒來時，我的心情卻處於一種亢奮之中。

「很棒的一天，」我很肯定地對自己說，「今天會是很棒的一天。」

我真的這麼想。我就像廣告裡的那些人，願意去任何地方、做任何事。我在腦子裡把計畫複習了一遍。我和費爾波少校約好，要在十五哩外一棟鄉間別墅的拍賣會上見面。那裡有些上好的東西，我已經在目錄上選好了兩三樣。我對這件事感到很興奮。

費爾波對古董家具、銀器這類東西知之甚詳，這倒不是因為他雅好藝術——他從頭到尾是個運動型的人——純粹只是因為他懂。他整個家族都是知識淵博之士。

我一邊吃早餐，一邊瀏覽目錄。愛荔照例騎馬去了。她現在早上多半都去騎馬，有時獨自一人，有時和克勞蒂結伴。她還是美國人的習慣，早餐只喝咖啡和一杯橘子汁，其他食物一口也不吃。而我那從來就不曾克制過的胃口，簡直像個維多利亞時代的地主！我喜歡食具櫃上放著許多熱菜。這天早上，我吃了腰子、臘腸和醃肉。真好吃。

「你今天要做什麼，葛莉塔？」我問。

葛莉塔說她和克勞蒂．哈德卡梭約好在查德韋市場車站碰面，她們要去倫敦參加一個白色大拍賣。我問她什麼是「白色大拍賣」。

「難道真的只賣白色的東西？」我問。

葛莉塔帶著一臉的不屑，說白色拍賣意指家用品的拍賣會，諸如床單、毛毯、毛巾之類的。龐德街上某個專賣店把目錄寄來給她，上頭有些東西非常划算。

我對愛荔說：「噢，葛莉塔今天要去倫敦，你乾脆開車到巴廷頓的喬治飯店和我們碰頭吧。那裡的東西很可口，老費說的。他曾經建議你去。一點。你穿過查德韋市場，再走大約三哩後轉彎就到了。我想那裡會有路標。」

「好，」愛荔說，「我會去。」

我扶她上馬，她穿過樹林奔馳而去。愛荔熱愛騎馬。她經常沿著一條蜿蜒小徑騎到那片寬闊的高地，盡情馳騁一陣再回家。我把那台小一點的車留給愛荔，因為它容易停車，自己則開了那部克萊斯勒大車。我到達巴廷頓莊園的時候，拍賣正好開始。費爾波已經到了，他替我留了個座位。

「這裡有不少高檔貨，」他說，「還有一兩幅好畫，一幅羅姆尼[4]，一幅雷諾瓦。不知道你有沒有興趣？」

我搖搖頭。那時候我的品味完全傾向於現代藝術家。

「來了不少交易商，」費爾波又說，「有幾個來自倫敦。看見那邊那個緊抿著嘴的瘦男人嗎？那是克雷辛頓。赫赫有名。你沒帶太太來？」

「沒有，」我說，「她對拍賣會沒什麼興趣。而且今天早上我不希望她來。」

「噢，為什麼？」

「我想給愛荔一個驚喜，」我說，「你有沒有注意到第四十二號拍賣品？」

他看看目錄，接著目光將全場掃了一遍。

「嗯。那張紙模型做的書桌？沒錯，很漂亮的小玩意兒，是我見過最好的紙模型作品。那張書桌也少見。很多小書桌可以放在大桌上，不過這一件是早期的式樣。我從未見過類似的東西。」

那個小玩意鑲有溫莎古堡的圖案，四周是玫瑰、蘇格蘭薊和酢漿草。

「很有特色，」費爾波看著我，目光透著好奇。「我沒有想到你會喜歡這種東西，不過……」

「噢，不是的，」我說，「它對我來說太花稍也太女人味了。不過愛荔喜歡這種東西。

下星期是她生日，我想送她當生日禮物，讓她驚喜一下。這就是我不希望她知道我今天來競標的原因。但我知道，送她這樣東西會比其他任何東西都讓她開心。她一定會驚喜萬分。」

我們走進去坐下，拍賣會就開始了。事實上，我要的那樣東西價格標得老高。有兩個倫敦交易商對它似乎深感興趣，雖然其中一個是如此的老謀深算、不動聲色，你幾乎覺察不到他手上那張目錄有著極細微的變化（拍賣主持人其實在密切注意）。我又買了一張奇彭岱耳的雕刻座椅，我想把它放在我們的大廳會很好看。我還買了一些保養得宜、體積甚大的織錦窗簾。

「噢，你似乎非常樂在其中，」主持人宣布上午的拍賣結束，費爾波邊說邊站起身。「下午還想回來嗎？」

我搖搖頭。

「不回來了。下半場沒有我要的東西。多半是臥室家具、地毯之類的。」

「確實，想必你不會有興趣。好吧，」他看看錶。「我們得趕快了。愛荔要和我們在喬治飯店碰頭？」

「是的，她會去。」

4 羅姆尼（George Romney, 1734-1802），英國人像及歷史畫畫家。

「還有，呃，安德森小姐？」

「噢，葛莉塔去倫敦了，」我說，「她去一個叫作白色大拍賣的地方。我相信她是和哈德卡梭小姐一起去的。」

「噢，對。前幾天克勞蒂是提過這回事。床單之類的東西這年頭貴得令人咋舌。你知道一個亞麻枕頭套得花多少錢嗎？三十五先令。以前六先令就有了。」

「你對居家購物方面挺內行的。」我說。

「噢，我會聽我太太抱怨，」費爾波露出微笑。「你看來神清氣朗，邁克，看來非常快樂。」

「因為我買到了那張紙模型書桌，」我說，「至少那是部分原因。今天早上我一醒來就覺得很開心。你知道，就是所有東西看來都極其順眼。」

「嗯，」費爾波說，「要小心，那就是大家所說的『回光返照』。」

「回光返照？」我說，「這是蘇格蘭方言，對吧？」

「小心樂極生悲，孩子，」費爾波說，「你的快樂最好收斂點。」

「噢，我不相信那些可笑的迷信。」我說。

「也不相信吉卜賽人的預言，對吧？」

「我們最近沒看到那個吉卜賽老太婆，」我說，「噢，至少一星期了。」

「她可能出遠門了。」費爾波說。

他問我能不能讓他搭便車，我說沒問題。

「沒有必要開兩輛車。回程路上你讓我在這裡下車就好。愛荔呢？她會把她的車開來嗎？」

「是的，她會開那輛小車來。」

「希望在喬治飯店能飽餐一頓佳餚，」費爾波說，「我餓了。」

「你有買什麼東西嗎？」我問。「我太興奮了，沒有注意。」

「沒錯，你在競標的時候必須全神貫注，隨時警覺。你得注意那些交易商的一舉一動。我出了幾次價，不過每一樣都遠遠超過我的預算。」

我想，雖然費爾波在附近擁有大片土地，但實際收入並不多。他是那種你可以形容為窮人的人，儘管他是個大地主。他唯有賣掉大批土地才可能有錢花，而他並不想賣，他愛他的土地。

我們到達喬治飯店時，已經有許多車子停在那裡。有些可能是從拍賣會場來的。我沒看見愛荔的車。我們走進飯店，我四下張望，還是沒見她露面。不過，現在才剛過一點。

我們去吧檯喝了點飲料，一面等候愛荔。那地方很擠。我朝餐廳望了望，我們的桌子依然保留著。這裡有很多我認識的本地人面孔。窗戶旁那張桌子坐著的男人，我看著也很眼熟。我確定我認識他，但我不記得何時何地見過他。我想他不是本地人，因為他的衣著和本地人格格不入。當然，我遇到過很多人，不可能輕易把每個人都記住。就我記憶所及，他沒有在拍賣會上出現，而奇怪的是，我認為這是一張我見過的臉，但就是想不起見面的時間和地點。臉孔是難以捉摸的，除非你將它和見過它的時間、地點聯想在一起。

喬治飯店的女經理穿著一貫的愛德華時代黑絲禮服，匆匆走來對我說：「您打算很快就入座用餐嗎，羅傑斯先生？有幾位客人在等。」

「我太太隨時會來。」我說。

我走回費爾波身邊。我想說不定愛荔的車爆胎了。

「我們最好進去，」我說，「他們好像很不高興。今天這裡客人特別多。我得說，」我又說，「愛荔不是個非常守時的人。」

「噢，」費爾波以一貫的傳統風度說道，「女人總認為應該讓男人等著，對吧？好吧，邁克，如果你覺得沒關係，我們就進去用餐吧。」

我們走進餐廳，從菜單上選了牛排和腰子餡餅後就開動了。

「愛荔真是糟糕，」我說，「竟然放我們鴿子。」我又說：「可能是因為葛莉塔在倫敦的關係。你知道，愛荔已經習慣了，她習慣要葛莉塔幫忙安排約會、提醒約會時間、什麼時候出發等等。」

「她很依賴安德森小姐？」

「就某種程度而言，沒錯。」我說。

我們繼續吃，吃完牛排和腰子餡餅，又吃了一個上頭有假蛋糕裝飾的蘋果餡餅。

「我懷疑她把這件事忘得一乾二淨了。」我突然說。

「你最好打個電話。」

「對。我想我最好這麼做。」

我出去到電話亭打電話。接電話的是我們的廚娘卡森太太。

「噢，是您，羅傑斯先生。羅傑斯太太還沒回來呢。」

「你是什麼意思，她還沒回來？從哪裡回來？」

「她騎馬還沒回來呢。」

「可是那是早餐之後的事。她不可能騎馬騎一上午。」

「她出門的時候沒有特別吩咐。我正等著她回來呢。」

「你為什麼不早點打電話告訴我？」我問。

「呃，我不知道到哪兒去找您。我不知道您上哪兒去了。」

我告訴她我在巴廷頓的喬治飯店，又留了電話號碼給她，要她等愛茘一回來或是一有消息，馬上打電話給我。我走回費爾波身邊。他立刻從我臉上知道出了事。

「愛茘還沒回家，」我說，「她今天早上出去騎馬。她早上多半都會去騎馬，不過只騎半小時到一小時。」

「不要無謂的擔心，孩子，」他溫柔地說，「你知道，你那塊地非常偏僻。說不定她的馬腳扭傷了，她不得不步行回家。那片樹林到處是起伏不平的荒野和坡地，根本找不到人傳話。」

「如果她決定改變計畫，騎馬去看某人之類的，」我說，「她一定會打電話到這裡來，留個口信給我們。」

「噢，你先別慌，」費爾波說，「我想我們最好現在就走，馬上就走，看看能不能發現什麼。」

我們來到停車場，另一輛車正好開走。車裡是我剛剛在餐廳注意到的男人，我驀然想起那人是誰。是史坦佛·勞伊德，要不就是某個長得很像他的人。我很納悶，他來這裡做什麼？他是來看我們的嗎？如果是，卻沒通知我們，這不是很奇怪嗎？和他一起坐在車裡的是個女人，看來像是克勞蒂·哈德卡梭，但她不是正和葛莉塔在倫敦購物嗎？這一切讓我震驚不已。

我們驅車離開時，費爾波看了我幾眼。有一回我和他四目相接，我非常痛苦地說：「好吧，你說過今天早上我是回光返照。」

「別想那些了。她可能摔了一跤，扭傷了腳踝之類的。不過，她是騎馬好手，」他說，「我看過她騎馬。我不認為她會發生意外。」

我說：「意外什麼時候都可能發生。」

我們的車開得飛快，終於來到橫貫我們那塊土地的丘陵草原。我們走上草原間的那條路，邊走邊四處搜尋，時不時停下來問人。我們攔住一個正在挖泥炭的男人，從他口裡我們得到了第一個線索。

「我看到一匹沒人騎的馬，」他說，「是兩個鐘頭以前，或者更久。我想抓住牠的韁繩，可是我一靠近牠就跑了。我沒看到任何人。」

「我們最好開車回家，」費爾波說，「家裡可能有她的消息。」

我們驅車回家，可是也沒消息。我們找到馬夫，遣他騎馬到那塊起伏不平的荒原去找愛荔。費爾波也打了電話回家，抓來一個人去找愛荔。我和他一起步上愛荔經常走的那條小徑，穿過樹林，來到那片丘陵草原。

起先我們什麼也沒看到。接著我們沿著樹林邊緣走，附近其他幾條小徑紛紛冒了出來，於是……我們找到了她。我們看到一團似乎捲成一堆的衣服。那匹馬已經回來了，站在那團衣服旁邊啃草。我開始跑，費爾波跟著我，腳步之快遠超過那種年齡能跑的速度。

她躺在那裡……躺在那堆皺成一團的衣服裡，蒼白的小臉面向天空。我說：「我不能，我不能……」接著我把臉別開。

費爾波走過去，在她身邊跪下。他幾乎是立刻又站了起來。

「我們去找個醫生來，」他說，「去找蕭醫生。他住得最近。不過，邁克，我想沒什麼用了。」

「你的意思是……她死了？」

「是的，」他說，「騙自己也沒用。」

「噢，老天！」我說，一面轉頭走開。「我不敢相信。不是愛荔！」

「來，喝點這個。」費爾波說。

他從口袋裡掏出一個細頸酒瓶，扭開瓶蓋遞給我。我猛灌了一大口。

「謝謝。」我說。

馬夫這時候走了過來，費爾波要他去請蕭醫生。

／18

蕭醫生坐著他那部破爛的老爺車來了。我想這部車是他在壞天氣到偏遠農場出診時用的。他幾乎沒看我們兩個一眼，逕自走到愛茘跟前俯下身去，之後才朝我們走過來。

「她死了起碼三、四個鐘頭了，」他說，「怎麼出的事？」

我告訴他，今天早上她一如往常，早餐後就出外騎馬。

「她出外騎馬可曾出過任何意外？」

「沒有，」我說，「她是騎馬高手。」

「沒錯，我知道她是騎馬高手。我親眼見過一兩回。據我所知，她從小就開始騎馬。我懷疑她最近是不是出過什麼意外，所以神經稍稍受了影響。如果是那匹馬受到了驚嚇……」

「那匹馬怎麼會受到驚嚇？牠很溫和……」

「這匹馬完全沒有野性，」費爾波少校說，「牠被訓練得很好，不容易激動。她的骨頭斷了嗎？」

「我還沒有檢查完，不過看來她的身體好像完全沒受傷。可能有些內傷。我想，可能是驚嚇。」

「可是你不可能受驚而死。」我說。

「以前就有人死於驚嚇。如果她心臟不好……」

「她在美國的時候就有人說她心臟很弱……至少是某個器官很弱。」

「嗯。我檢查的時候沒看到太多這方面的現象。話說回來，我們沒做心電圖。不管怎麼說，現在討論這些也沒用。以後我們就會知道……在驗屍審訊之後。」

他若有所思地望著我，接著拍拍我的肩膀。

「你回家去睡一覺，」他說，「你才是受到驚嚇的人。」

奇怪，不知道是從哪裡冒出來的，現在，我們身邊已經站了三、四個鄉下人。一個是登山客，他從大路上過來的時候看到我們這群人；一個是臉頰紅通通的女人，我想她正打算抄捷徑去農場；還有一個年紀頗大的修路工人。他們又驚又嘆的，議論紛紛。

「可憐的小姐。」

「這麼年輕。從馬上摔下來的，是嗎？」

「噢，你永遠摸不清馬。」

「是羅傑斯太太，對吧？那個住在塔城的美國女人？」

沒等其他人驚魂未定地發表完議論，那個上了年紀的修路工人就開口了。他為我們提供了資訊。他邊搖頭邊說：「我親眼看到出事。我親眼看到出事。」

醫生猛地轉過頭去問他。

「你看見發生了什麼事？」

「我看見一匹脫韁的馬奔過田野。」

「你親眼看見那位小姐落馬？」

「不是，不是，我沒看見。我看見她的時候，她正在樹林上頭那塊高地騎馬，後來我就轉過身子，清除路上的石頭。再後來我聽見馬蹄聲，抬頭一看，是那匹馬在狂奔。我沒想到是意外。我想大概是出於某種原因，那位小姐跨下了馬，把馬放開。牠不是朝我跑來，而是往另一個方向跑。」

「你沒看到那位小姐躺在地上？」

「沒有，我離得很遠，沒看得很清楚。我看見那匹馬，是因為牠的背景是天空。」

「她是獨自一人騎馬嗎？可有人和她在一起，或是在她附近？」

「她附近一個人也沒有。她是獨自一個人。她騎馬的時候離我不太遠，還經過我身邊，直直往前奔去。我想她是朝樹林那個方向去的。沒有，除了她和那匹馬，我沒看見任何人。」

「說不定是那個吉卜賽人嚇到了她。」一臉頰紅通通的女人說。

我驀然轉過身來。

「什麼吉卜賽人？什麼時候？」

「噢，一定有……呃，一定有三、四個鐘頭了吧，在我今天早上經過那條路的時候。約莫是九點四十五分左右，我看見那個吉卜賽女人。就是住在村裡小屋的那個。我想是她。我離得不夠近，不太確定，不過，大家都知道，她是這一帶唯一身穿紅斗篷的人。她正穿過樹叢，踏上那條小徑。有人告訴我，她對那個可憐的美國小姐說過一些可怕的話。我聽說，她威脅她，說她如果不離開就會有厄運降臨。很嚇人的威脅。」

「那個吉卜賽人！」我痛苦地大聲自責。「吉卜賽莊園。我希望我從來不曾見過這地方！」

第三部

Endless Night

19

對我來說，要記起愛荔死後發生的事很困難，這其實很不尋常。我的意思是，記得事情發生的順序。你知道，直到愛荔死去的那一刻，我的頭腦還是清清楚楚的。我只是有點疑惑，事情究竟是怎麼開始的，如此而已。可是出事後，那樁意外就如同一把刀子落下，把我的生活截成了兩半。自從愛荔去世，接下來的事情似乎都讓我措手不及，無從準備。一大堆雜七雜八的人與事，我完全無法控制。那些事都不是針對我而來，但都和我有關。至少看來是這樣。

大家都對我很好，這點我記得最清楚。我四處遊蕩，看來失魂落魄，一副手足無措的模樣。我記得，葛莉塔這時候發揮了她的特長。她有一種女人特有的能力，在不得不掌控局面的情況下，把事情處理得很好。我的意思是，她很會處理那些每個人都必須處理的雞毛蒜皮瑣事。我這方面的能力就很欠缺。

他們運走了愛荔的屍體，我又回到我的家……噢，不，是我們的家，也就是這棟房子。我記得的第一件事就是蕭醫生來和我談話。我不知道他待了多久。他冷靜親切，說話很理性。他只是輕聲細語、清清楚楚地對我解釋驗屍的過程。

「安排」，我記得他用了「安排」這兩個字。多麼可恨的字眼，以及它所代表的一切。事實上，生活中許多冠冕堂皇的字眼，諸如愛、性、生活、死亡、憎恨，根本不能左右你的生活，反而是那些醜惡、下流的事在發生影響。在這些醜事來臨之前，你從來不曾預料到，而一旦事情真的發生，你卻不得不忍受。葬儀社的員工、為殮屍和葬禮做的各種安排。僕人走進房間，把百葉窗全部拉下來。為什麼要把百葉窗拉下來？只因為愛荔死了嗎？這些愚蠢透頂的事！

這就是我記得我對蕭醫生抱著感激的原因。他處理這種事情極其仁慈理性。他很溫柔地對我解釋驗屍審訊的必要。我記得他話說得很慢，好讓我真正了解。

我並不知道驗屍審訊是怎麼回事。我希望自己永遠不要成為驗屍審訊的對象。在我看來，驗屍審訊怪不真實的，像是兒戲。驗屍官是個戴夾鼻眼鏡、愛小題大做的瘦小男人。我必須對他提供證詞，證明自己的身分、描述最後一次在早餐桌見到愛荔的情形、敘述她一如往常晨間出門騎馬，以及我們相約共進午餐的約定。我說，她看來和平常毫無兩樣，身體非常健康。

蕭醫生的證詞含蓄而低調。他說，愛荔身上沒有嚴重傷痕，頸骨上的扭傷和青紫應該是從馬上跌落所致。那不是嚴重的內傷，不過是在她死亡的剎那發生的。她從馬上摔下後，沒有被移動過的跡象，他認為她很可能是在摔下馬的同時就斷氣了。由於其他器官皆沒有足以導致死亡的傷害，除了因受驚而心臟病發之外，他沒有更好的解釋。從他的醫學術語中我得知，愛荔的死其實只是因為氣沒喘過來……呼吸堵塞或窒息什麼的。然而她的器官非常健康，胃裡的食物成分也都正常。

葛莉塔也提出證詞，說愛荔三、四年前曾患有某種心臟疾病，這事她先前也對蕭醫生提過，不過現在語氣更為強調，也更具說服力。她從沒聽愛荔家人正式提起，但愛荔的親屬有幾次偶然提到她心臟很弱，必須小心照顧，不能過度操勞。這些就是她聽過最明確的證據。

接下來，是那些在意外發生之際目睹或正好在附近的人。當時在撿拾泥炭的老人首先上場。他看見那位小姐騎馬經過他身邊，離他約五十碼遠。他從未和她說過話，不過他知道她是什麼人。她就是那棟新屋的女主人。

「你以前見過她？」

「沒有，其實不算見過，可是我認得那匹馬，大人。牠有個蹄子是白色的，以前的飼主是夏托格姆村的凱瑞先生。那匹馬性情溫和，訓練良好，很適合女士騎乘，我一向是這麼聽說。」

「你見到那匹馬的時候，牠有沒有什麼問題？例如胡亂調皮之類的？」

「沒有，牠非常沉靜。那天早上天氣很好。」

他說，那天附近人不多，至少他沒有注意到很多人。那條穿過荒原的小徑平日很少人走，偶爾有人會走是因為它有個通往某農場的捷徑。約莫一哩外，還有一條小路和它交會。那天早上，他看到兩個人走過，不過沒有留心看。其中一人騎著單車，另一人是步行。他離那兩人太遠，看不清究竟是誰，再說他也沒多注意。他又說，他記得在他看到那位小姐騎馬過來的時候更早些，好像還看過李老太婆。她沿著那條小徑向他走來，後來一轉彎，就走進了樹林。她經常穿過那片荒原散步，在樹林中出沒。

驗屍官問，為什麼李老太太沒有在法庭上出現。據他所知，她已被告知要來出席庭訊。有人告訴他，幾天前李老太太就離開村莊了……沒人知道她到底是什麼時候離開的。她沒留下地址，因為沒這個習慣。她經常在不知不覺中出走又回來，所以這其實並無不尋常之處。事實上，有一兩個人認為她在意外發生的前一天就已經離開了。驗屍官又問那老人：「可是你認為你那天看到的是李老太太？」

「我不敢說，大人。我不確定。那個女人個子很高，步子很大，披著一件鮮紅斗篷，李老太婆有時候就是那麼穿。不過我沒細看，我正忙著做我的活。有可能是她，也可能是別人，誰知道呢？」

至於後面的問話，他的證詞多半就是和我們說過的那些：他看見那位小姐在附近騎馬，以前也常見到她騎馬，所以沒有多注意，直到後來，他看見那匹馬獨自飛奔，看起來像是受了驚。他說：「看來可能是那樣。」他無法說出確切的時間。可能是十一點，可能更早，他看見那匹馬跑遠的時候就更晚了。牠似乎正朝著樹林往回跑。

接著驗屍官又把我叫上庭，問了一些李老太婆的問題，也就是住在葡萄藤小屋的艾絲特・李。

「你們夫妻倆見過李老太太嗎？」

「見過，」我說，「是熟面孔了。」

「你們和她談過話嗎？」

「有，好幾次，」我又說，「不過都是她說我們聽。」

「她可曾威脅過你或你的妻子？」

我頓了頓。

「可以說是有，」我回答得很慢。「可是我從未想到……」

「你從未想到什麼？」

「我從未想到她是當真的。」我說。

「她的語氣像是對你妻子懷恨在心嗎？」

「我太太有一次是這麼說過。她說她覺得李老太太對她似乎特別懷恨，可是她不知道究竟為什麼。」

「你或你的妻子可曾以任何方式要她離開你家的土地、威脅她或是粗暴對待她？」

「那都是因為她私闖我們的家。」我說。

「你可曾覺得她精神不正常？」

我想了想。

「是的，」我說，「我確實這麼覺得。我認為她相信我們蓋房子的土地是她的，或是屬於她的族群。她對這一點執迷不悟，」我又說：「我認為她的狀況愈來愈糟，對那種想法愈來愈執著。」

「這樣啊。她從未對你妻子有過實質的暴力行為吧？」

「沒有，」我想了想才回答。「不過，我認為她也不該說那種話。那些話全是……全是胡說八道的吉卜賽式警告：『如果你留下來會有厄運上身！除非你離開，否則災禍即將降臨。』」

「她提過『死』這個字嗎？」

「提過。我想她提過。不過我們沒當真，」我更正道，「至少我沒有。」

「你認為你的妻子把她的話當真了？」

「有時候她確實會當真。你知道，那個老太婆真的很嚇人。我想，她是不會對自己說過的話或做過的事負責的。」

驗屍官宣布庭訊兩週後再繼續，這場問話就這麼結束了。所有的事實都指出愛莉是意外致死，可是沒有足夠的證據顯示意外的導因究竟為何。在聽到李老太太艾絲特的證詞前，驗屍官寧可暫停問訊。

20

庭訊後的隔天我就去找費爾波少校，直截了當地告訴他我想聽聽他的意見。那個撿拾泥炭的老人說，那天早上他看見有人朝樹林走去，而他認為那人好像是李老太婆。

「你認識那個老太婆，」我說，「你認為她有可能處心積慮、惡意製造一場意外嗎？」

「邁克，我真的不能相信，」他說，「你得有非常強烈的動機，才可能做出那種事來。例如她因為你而遭受傷害，所以進行報復，諸如此類的。可是愛茘對她做過什麼呢？什麼也沒有。」

「我知道這想法聽來很離譜，可是她為什麼經常神出鬼沒，威脅愛茘要她離開呢？她對愛茘似乎懷有仇恨，可是她的仇恨到底從何而來？她以前從未見過愛茘。在她眼裡，愛茘不就是個完全陌生的美國人嗎？她們之間沒有一點淵源，也沒有任何瓜葛。」

「我知道，我知道，」費爾波說，「邁克，我忍不住會想，這其中一定有我們不了解的內情。我不知道愛荔婚前去過英國多少地方。她可曾在英國久住過？」

「沒有，這個我很確定。要在這裡久住太難了。我其實對愛荔不是很了解，我的意思是，她認識什麼人、去過什麼地方……我們只是……不期而遇。」我一面忍住哽咽，一面看著他。「你不知道我們是怎麼認識的，對吧？是啊，」我繼續說下去。「你作夢也想不到我們是怎麼認識的。」

我突然開始狂笑。接著我勉強恢復了鎮定。我感覺得到，我快要歇斯底里了。

等我恢復正常，我看到他那張和善而耐心的臉在等著聽我說下去。他是個樂於助人的好人，這點毫無疑問。

「我們是在這裡認識的，」我說，「就在吉卜賽莊園。我看到『塔城』出售的廣告招牌，因為好奇，於是走上山來。就這樣，我初次見到了她。她就站在一棵大樹下，我嚇著了她……或者說是她嚇著了我。不管怎麼說，一切就是這麼開始的。這也是我們會選擇住在這個可惡、被詛咒、充滿厄運的地方的原因。」

「你一直這麼覺得嗎？覺得這是個充滿厄運的地方？」

「不；是的……不，我其實並不確定。我從未承認過我有這種感覺。我不願意承認。不過，我想她心裡有數。我想，她其實一直生活在恐懼當中，」接著我又幽幽說道：「我想，確實有人蓄意要讓她心生畏懼。」

他立刻問道：「你是什麼意思？是誰蓄意讓她心生畏懼？」

「照理說應該是那個吉卜賽女人。可是不知為什麼，我不是非常確定。你也知道，她常常等著愛荔出現，告訴她這地方會為她帶來不幸，要她趕快離開。」

「呸！」他憤憤地說，「我早知道就好了。我會跑去告訴那個老太婆，警告她不能那麼做。」

「她為什麼要那麼做呢？原因是什麼呢？」

「她和其他人沒兩樣，」費爾波說，「喜歡讓自己看來很重要。她喜歡給人告誡、替人算命，或是預卜未來快樂的生活等等。她喜歡假裝自己能夠預知未來。」

「假設有人付錢給她，」我以遲疑的語氣說道，「我知道她很愛錢。」

「沒錯，她是很愛錢。你剛才說，假設有人付錢給她……你怎麼會有這種想法？」

「是基恩警官，」我回答。「我自己無論如何也不會想到這一層。」

「原來如此。」他搖搖頭，表示懷疑。

「我不相信，」他說，「她會蓄意把你太太嚇到意外身亡的地步。」

「說不定她原先並未想到會有這種致命的意外。她也許動了手腳讓那匹馬受驚，例如放個爆竹、在馬兒面前揮舞白紙之類的。你知道，有時候我真覺得她對愛荔懷有私人仇恨，一種我不知緣由的仇恨。」

「這話聽來有夠離譜。」

「這地方從來就不曾屬於過她？我的意思是，我們蓋房子的這塊地。」我問。

「沒錯。過去吉卜賽人曾經被警告過——說不定還不只一次——要他們離開這裡。吉卜賽人總是被人趕來趕去，但我不認為他們會因為這樣而懷恨終生。」

「確實，」我說，「如果是那樣就太過分了。不過，我懷疑有人因為某種我們不得而知的原因收買了她……」

「某種我們不得而知的原因？什麼原因？」

我仔細想了想。

「我要說的話聽來或許有些天馬行空。我們不妨假設，一如基恩所暗示的，有人用錢收買了她，要她那麼做。那人的目的是什麼呢？假設他們是要逼我們兩個離開這裡。他們對準愛荔下手而不針對我，因為我不像愛荔那麼容易害怕。他們讓她心生畏懼，好逼她（等於是我們兩個）離開這裡。果真如此，那麼一定事出有因，表示有人希望這塊土地再度上市出售。我們不妨說，有人出於某種原因，想要我們這塊地。」我的話就說到這裡。

「這個假設雖然合乎邏輯，」費爾波說，「可是我看不出為什麼有人要這麼做。」

「也許是為了某種別人都不知道的重要礦藏。」我提示道。

「噢，我懷疑。」

「或是埋藏了珠寶之類的。噢，我知道這話聽來夠荒謬。對了，也可能是某個重大銀行搶案贓物的埋藏地點。」

費爾波依舊搖頭，但顯然不像剛才那麼強烈。

「其他唯一的解釋，」我說，「就是再往回推理一步，也就是查出買通李老太婆背後的那個人。那人可能是愛荔某個敵手，只是不知是什麼人。」

「而你想不出那人可能是誰？」

「沒錯。她在這裡一個人也不認識，這我可以確定。她和這地方毫無瓜葛，」我一面站起身，一面說：「謝謝你聽我說話。」

「但願我能幫上更多的忙。」

我出了門，摸摸口袋裡帶著的那樣東西，突然做了決定。我一轉身，又進了他家的門。

「我想給你看一樣東西。」我說，「事實上，我本來打算去基恩警官那裡交給他，看他能不能想點辦法。」

我的手伸入口袋，掏出一塊以紙包著的石頭，那張紙皺巴巴的，上頭還寫了字。

「今天早上，有人把這個東西扔進我們飯廳的玻璃窗。」我說，「當時我正往樓下走，聽到玻璃破裂的聲音。我們初來的時候，也有人扔石頭砸碎了窗玻璃。我不知道是不是同一個人。」

我將包著石頭的紙條取下，遞給他。那一小張紙，又髒又粗，上面有淺淡的墨水痕跡。費爾波戴上眼鏡，低頭仔細看那張紙。上頭只有短短的一句話，寫著：「殺死你太太的是個女人。」

費爾波的眉毛一挑。

「真是離奇，」他說，「這是你收到的第一個字條？」

「我不記得了。第一次只是一個要我們離開此地的警告，我連上頭的措辭都記不得了。不管怎麼說，上回似乎是那些小無賴幹的，可是這回不大一樣。」

「你認為它是某個知道內情的人扔進來的？」

「說不定是某個愛寫匿名信的人故意惡作劇的蠢把戲。你知道，在鄉下這種事可不少。」

他把石頭交還給我。

「你直覺地打算把它交給基恩警官，」他說，「我認為你的直覺是正確的。關於這種匿名信，他知道的可能比我多。」

我在警察局找到了基恩警官。他顯然非常有興趣。

「這裡一直有怪事發生。」他說。

「你認為這塊石頭意味著什麼？」

「很難說。說不定只是惡意的指控，想要誣賴某個人。」

「我想，也可能是指控李老太婆，對吧？」

「不，我想不是。或許是——我倒希望是這樣——某人看見或聽到什麼，例如吵鬧、尖叫，或是看到那匹馬跑過身旁，不久就又看見一個女人。不過以字條的語氣看來，上面說的女人並不是李老太婆，因為大家都知道那個吉卜賽老太婆和這件事有關。所以，字條似乎指的是另一個完全不同的女人。」

「李老太婆怎麼樣了?」我問,「你有她的消息嗎?找到她了嗎?」

他緩緩搖搖頭。

「我們知道幾個她離開本地後常去的地方,在英國東部那個方向。她有一些朋友住在那裡的吉卜賽部落。他們說她沒來,但不管她去了沒有,他們都會這麼說。你知道,他們嘴巴緊得很。她在那些地方幾乎無人不知,可是沒人見到她。話說回來,我還是認為她不會走得比東部更遠。」

他說這些話的時候,語氣似乎很不尋常。

「我不大明白你的意思。」我說。

「你不妨這麼想。李老太婆很害怕。她有足夠的理由害怕。她一直對你太太威脅、恐嚇,而現在,假設就是她製造了意外而導致你太太身亡,警察勢必會追捕她。她心知肚明,所以我們就這麼說吧,她鑽進了地底。她會盡一切可能離我們遠遠的,絕對不會想要再現身。她害怕在公共場合露面。」

「可是你們會找到她,對吧?她的相貌很特別。」

「噢,是的,我們終究會找到她。這種事情得花點時間。換句話說,倘若事情真是如此的話。」

「而你認為還有別的可能。」

「噢,你知道,我一直覺得納悶。可不可能有人付錢給她,要她說那些話呢?」

「那她會更急著離開才對。」我說。

「不過，應該還有別人也會急著要她離開。你必須想到這一點，羅傑斯先生。」

「你是指那個拿錢收買她的人。」我緩緩說道。

「正是。」

「假設……拿錢收買她的人是個女人？」

「再假設另有旁人知道這件事，於是開始寫匿名信。那個女人也該害怕才對。你知道，她不是故意要讓這種事發生。儘管她找那個吉卜賽人去威脅你太太要她離開，不過她並沒有打算讓你太太因此賠上一條命。」

「確實，」我說，「她並沒有料到會出人命，只是想嚇嚇我們，把我和太太嚇跑。」

「那麼，下一個被恐嚇的對象會是誰？就是那個製造意外的女人，也就是艾絲特．李。所以李老太婆勢必要澄清自己，對吧？例如指出事情不是她所為，甚至承認是有人付錢要她這麼做。這時候她會供出一個名字，指出是什麼人付錢給她。一定有人不希望這樣，羅傑斯先生，你說對吧？」

「你是指那個或多或少算是我們虛擬出來、甚至不知是否真有其人的女人？」

「如果有人付錢收買她，那人可能是男人，也可能是女人。總而言之，那人一定希望她盡快消失，不再開口，對吧？」

「所以你認為她可能已經死了？」

「這是一種可能，不是嗎？」基恩反問我。接著他很突兀地轉換了話題。「羅傑斯先生，你還記得樹林盡頭你們整修過的那個『福地』嗎？」

「記得，」我說，「它怎麼了？我和太太是對它做了些許修補和整理。我們偶爾會去，但不常去，尤其是最近。你怎麼會提到它？」

「噢，你知道，我們一直在到處搜尋線索。我們去『福地』查過，它的門沒鎖。」

「沒錯，」我說，「我們懶得鎖它。那裡面沒什麼值錢的東西，只有幾件零散不成套的家具。」

「我們本以為老李太婆離開村子後，有可能住在裡面，可是我們沒發現她的影子，反而找到了這個。我正準備拿給你看看。」

他打開抽屜，取出一個小巧的金質打火機。那是女人用的，上頭還有一個鑽石鑲嵌的姓名字首，一個大寫「C」。

「這不可能是你太太的，對吧？」

「愛荔的姓名字首不是C。沒錯，這不是愛荔的，」我說，「她沒有這種東西。也不是安德森小姐的，她的名字是葛莉塔。」

「它就掉在那裡，有人無意中遺失的。它是很高級的東西，值不少錢。」

「C，」我一面重複那個字母，一面若有所思。「除了珂拉，我想不出有誰的姓名字首是C，」我說，「她是我太太的繼母，范．史達薇珊夫人。可是我實在無法想像她會沿著雜草叢生的小徑一路爬到『福地』去。不管怎麼說，她來這裡並沒有久住，大概只住了一個月吧。我好像從未看過她用這個打火機。也可能我根本沒注意，」我又說，「安德森小姐可能知道。」

「噢，那你帶回去讓她看看。」

「我會的。不過如果它確實是珂拉的，我們卻沒有在『福地』見過它，這似乎有點奇怪。那裡東西不多，如果它掉在地板上我會注意到……它是掉在地板上吧？」

「是的，離那張長沙發很近。當然，任何人都可能到『福地』來。你知道，那是情侶幽會的好地點。我是指對本地人而言。但那些人不可能有這種貴重東西。」

「還有一個叫作克勞蒂．哈德卡梭的女人，」我說，「不過我想她不會有這麼高級的東西。再說，她到『福地』去做什麼呢？」

「她和你太太是好朋友，對吧？」

「沒錯。」我說，「我想她是愛荔在本地最好的朋友。再者，她應該知道我們不會介意她隨時到『福地』來。」

「啊。」基恩警官說。

我深深看著他。

「你該不會認為克勞蒂．哈德卡梭是愛荔的……敵人？這太荒謬了！」

「我同意，她確實沒有半點理由要和愛荔為敵。可是，女人心海底針，你永遠也摸不透。」

「我想……」

我沒把話說完，因為我要說的事情聽來挺怪異的。

「你想說什麼，羅傑斯先生？」

「我相信克勞蒂・哈德卡梭最初嫁了個美國人，一個姓氏為勞伊德的美國人。事實上，我太太在美國的財產信託管理人就叫史坦佛・勞伊德。世上姓勞伊德的人何其多，若說這兩人是同一個人，那只能說是太巧合了。如果真是這樣，可不可能和這件事有關？」

「似乎不可能。話說回來……」他頓住沒說下去。

「奇怪的是，意外發生的當天，我想我在這裡看到了史坦佛・勞伊德。當時我在巴廷頓的喬治飯店吃午餐……」

「他沒看到你嗎？」

我搖搖頭。

「他和一個長得很像哈德卡梭小姐的女人在一起。不過，也可能是我看錯了。你知道，我們的房子是她哥哥替我們蓋的。」

「她對那棟房子有興趣嗎？」

「沒有，」我回答，「我認為她不喜歡她哥哥的建築風格，」說完我便站起身。「好吧，我不耽誤你的時間了。請你們盡力找到那個吉卜賽女人。」

「我可以告訴你，我們不會放棄尋找的。驗屍官也在找她。」

我道了聲再見，走出警局。怪的是說曹操曹操就到，你常會突然遇見剛才正在談論的人。我經過郵局，克勞蒂．哈德卡梭正好從裡頭出來。我們兩個都停下腳步。她帶著遇到新近喪親者的些微尷尬說道：「邁克，我非常遺憾愛荔發生了這種事。我就不多說了。這種時候無論別人對你說什麼都很殘忍。我只是……只想說我很遺憾。」

「我知道，你對愛荔一直都很好。你讓她覺得在這裡生活很自在。我很感激。」

「有件事我本來就想問你，而我想最好在你飛去美國之前問比較好。聽說你很快就要離開這裡。」

「我會盡快離開。我那邊還有很多事要處理。」

「其實，如果你想出售那棟房子——我想你在離開前很可能會這麼做——如果是這樣……如果真是這樣，我想擁有這棟房子的優先購買權。」

我瞪著她。她的話確實令我吃驚，我完全沒想到她會有興趣。

「你的意思是，你想買下它？我還以為你不喜歡那種建築風格。」

「我哥哥魯道夫告訴我，那是他最好的作品。我敢說他已經知道你家出了事。我相信你的售價會很高，不過我出得起。是的，我確實想買。」

我忍不住想，這事未免奇怪。以前她來我家，從來不曾對那棟房子表現出絲毫的興趣。我忍不住要想（其實我以前就這麼想過），她和她那個同母異父的哥哥到底是什麼關係。她對他懷有深深的崇拜嗎？有時候我認為她不喜歡他，甚至恨他，因為她說起他的時候神情總是非常怪異。但無論她對他的真實感覺是什麼，他對她來說是重要的，而且很重要！我慢慢搖搖頭。

「你認為愛茘既然已死，我一定會賣掉那塊地離開這裡，你的想法我能理解。可是事實並非如此。我們在這裡生活過，很幸福很快樂，這是我懷念她最好的地方。不管出於什麼樣的考量，我絕不會賣掉吉卜賽莊園！這點我可以向你保證。」

我們四目相對，像是做著無聲的角力。她的目光終於垂下。

我鼓足勇氣開口問了一句：「這雖然不干我的事，可是我知道你以前結過婚。你的前夫是史坦佛．勞伊德嗎？」

她盯著我半晌，一句話也不說。接著她突然開口：「沒錯。」轉身就走了。

21

混亂……這是我回首過往所記得的唯一感受。新聞記者的詢問、要求來採訪、大堆信件和電報、葛莉塔對這些事的應對……

第一個令我大吃一驚的事實，是愛荔的家人並不如我們當初所想像的都在美國。當我發現他們家族的人多半都在英國時，真是震驚無比。珂拉・范・史達薇珊人在英國倒是可以理解。她是個馬不停蹄的女人，總是在歐洲大陸、義大利、巴黎、倫敦之間奔波來回，接著再回到美國棕櫚灘或西部的農場，這裡那裡的四處奔忙。愛荔過世那天，她離本地其實不超過五十哩，依然孜孜矻矻於要實現她在英國有棟房子的奇想。兩三天前她便已趕回倫敦，找了幾家新的房屋仲介商說要看房子，而光是那一天，她已經走遍附近鄉鎮，看了半打的房子。

至於史坦佛・勞伊德，後來證實他為了參加在倫敦召開的商務會議，顯然搭乘同一班飛機飛來英國。這些人之所以得知愛荔的死訊，並不是透過我們發往美國的電報，而是從大眾媒體上獲知。

關於愛荔應該安葬何處，大家吵得不可開交。我原本想，把她葬在這裡是天經地義的事，畢竟這是我和她共同生活的地方，也是她嚥氣的所在。

可是愛荔的家人強烈反對。他們希望把她的遺體帶回美國和她的先人葬在一起，也就是她祖父、父母和其他親人安息之處。想一想，這麼做也很合情合理。

安德魯．李平柯特地南下和我談論此事。他的態度很理性。

「關於她身後希望葬於何處，她沒有留下任何指示？」他開門見山地說。

「她怎麼會留下指示？」我火爆地反問，「她才多大？二十一歲。你二十一歲的時候不可能想到自己會死。所以，你不會想到安排身後事。如果我們曾經想到這個問題，我想我們會選擇葬在一起，即使我們不能同日死。可是誰會在盛年之際想到死亡呢？」

「此言十分公道，」李平柯先生說，接著又加上幾句：「不過，我想以後你非搬到美國去不可。你知道，那裡還有很多生意上的事需要你照料。」

「什麼樣的生意？生意和我有什麼關係？」

「以後你們的關係會很密切，」他說，「你難道不知道，依照遺囑你是首要的繼承人？」

「你的意思是，因為我是愛荔最親近的親屬？」

「不是。是因為她在遺囑上這麼寫。」

「我不知道她有立遺囑。」

「噢，有的，」李平柯先生說，「愛荔是個很有條理的女孩。你知道，處於那樣的生活環境中，她不得不如此。她一到成人年齡而且幾乎是一結婚就立了遺囑。那份遺囑由她倫敦的律師保管，而她要她的律師寄給我一份副本。」他躊躇片刻，接著又說：「如果你真的依照我的建議搬去美國，我想你的事務也該交給那裡某個信譽卓著的律師處理才好。」

「為什麼？」

「因為這涉及大筆遺產、鉅額不動產、股票以及各行各業的控股權，你勢必會需要專業的意見。」

「我不夠格處理那種事情，」我說，「我真的不行。」

「這我了解。」李平柯說。

「我不能把所有這些事情都交由你處理嗎？」

「你當然可以那麼做。」

「既然這樣，我何樂而不為呢？」

「雖然如此，我還是認為你應該另外找人代表你處理這些事。我已經是愛荔家族某些人的代理人，這樣很可能會產生利益衝突。不過，如果你放心交給我辦，我會留心找個能幹的律師替你打理生意，讓你的利益得到保護。」

「謝謝你，」我說，「你真好。」

「請恕我莽撞……」

他的神情顯得有點不安。想到李平柯也有莽撞的時候，我心頭樂得很。

「什麼事？」

「我建議你對簽署的每一樣東西都要小心。我是指所有的商業文件。你在簽字前，一定要仔細而徹底地看一遍。」

「把那些文件看得清不清楚對我很重要嗎？」

「如果你弄不清楚，就得把它轉交給你的法律顧問。」

「你是不是在警告我要防著什麼人？」

我說，一時之間興致突然來了。

「我實在無法回答這個問題。」他說，「我只能說到這裡。只要涉及大筆金錢，我建議你不要相信任何人。」

他確實是在警告我要提防誰，不過我看得出來，他絕對不會說出那人的名字。他是暗指珂拉嗎？還是他懷疑（或許早就懷疑了）那個儀表堂堂、滿臉和氣、有錢又快樂、最近還來過這裡「出差」的銀行家史坦佛‧勞伊德？或者，是那個會揣著看來可信的文件來找我的法蘭克姑丈？我突然心生奇想，想像自己像個又可憐又天真的傻瓜在湖中游泳，四周淨是虎視眈眈的鱷魚，而且個個帶著虛假的微笑。

「這個世界，」李平柯先生說，「是很邪惡的。」

這問題或許問得很笨，不過我還是突然脫口而出。

「愛荔死了對什麼人有好處嗎？」

他銳利的目光看著我。

「這問題問得很古怪。你為什麼這麼問？」

「我不知道，」我說，「只是剛好想到。」

「愛荔死了對你有好處。」

「那當然，」我說，「我有好處是理所當然。我的意思是，還有沒有其他人得到好處？」

李平柯先生沉默半晌。

「如果你的意思，」他說，「是指她的遺囑有沒有以遺贈的形式讓其他人得到好處，那麼確實是有，只是程度不大。幾個老傭人、以前的一個女家庭教師、一兩個慈善機構，不過都無足可觀。她也留了一筆遺產給安德森小姐，但數目不大，因為你也知道，她已經拿了一大筆錢給安德森小姐。」

我點點頭。愛荔告訴過我這件事。

「你是她的丈夫。她別無其他更親近的親屬。不過，我認為你那個問題意指的不是這個。」

「我也不知道我那麼問意指為何，」我說，「不過，無論怎麼說，李平柯先生，如果你希望我起疑心，你已達到目的了。我已經開始起疑，雖然不知道該對什麼人或為什麼起疑。我就是純粹的……呃，懷疑。我真的不懂金錢的事情。」我又說。

「對，顯然如此。我就這麼說好了，其實我並不確知，也沒有任何明確的懷疑。一個人通常都有一本帳，死後往往都得好好清算一番。這筆帳可能很快就能釐清，也可能長達好幾年。」

「你的意思是，」我說，「有些人可能先下手為強，然後瞞天過海，所以千方百計要我簽署放棄追查的文件……不管你怎麼稱呼那種文件。」

「我們姑且這麼說，如果愛荔出事並非正常，那麼……呃，是的，她的早夭對某些人來說可能就是幸事。我們這裡姑且不指名道姓，而如果這人應付的對象是——恕我這麼說——像你這麼單純的人，那麼他的所作所為就比較容易遮掩。我就說到這裡，以後我不會再說什麼了。說得太多有失公允。」

我們在小教堂辦了一場簡單的葬禮。如果我能躲開，我早就做了。我討厭那些在教堂外排隊又猛盯著我看的人。那些好奇的眼睛！葛莉塔幫我熬了過來。我想，以前我並未體會到她是個如此堅強而可靠的人。她籌備葬禮、預訂花圈、安排一切。現在我才知道，為什麼愛荔如此依賴葛莉塔。世上像葛莉塔這樣的人確實少之又少。

來教堂的人多半是我們的鄰居，有些我甚至不認得。不過我注意到一張似曾相識的面孔，只是記不得在哪裡見過。我回到家，卡森告訴我，有位男士在客廳裡等著要見我。

「我今天不想見任何人，把他打發走。你根本不該讓他進門！」

「對不起，先生。他說他是夫人的親戚。」

「親戚？」

我突然想到我在教堂見到的男人。

卡森遞過來一張名片。

一時之間我沒反應過來。「威廉．R．帕多先生」。我將名片翻了個面，搖搖頭，接著遞給葛莉塔。

「你可知道這人是誰？」我問，「他看來有點面熟，可是我記不得在哪裡見過。可能是愛荔的朋友。」

葛莉塔接過名片看了一眼便說：「難怪。」

「那人是誰？」

「盧本叔叔。你知道的，愛荔的遠親。她一定向你提過他，對吧？」

我這才想到為什麼那張臉如此眼熟。愛荔把好幾張親戚的照片隨意放在她的小客廳裡，難怪那張臉那麼熟悉。到目前為止，我只在照片中看過它。

「我去見他。」我說。

我離開房間來到客廳。帕多先生站起身，口中說道：「邁克．羅傑斯嗎？你不知道我的名字，不過愛荔和我是遠親，她一向叫我盧本叔叔。我知道，我們沒見過面。這是你們婚後我頭一次來。」

「我當然知道你是誰。」我說。

我不知道該如何形容盧本・帕多。他高頭大馬，一張大寬臉，看來心不在焉，彷彿總在想別的事情。可是和他交談一陣後，你會發現他的心思比你想像的活絡得多。

「我不必告訴你當我聽到愛荔死訊的時候，我是多麼的震驚和傷心。」他說。

「我們不提這個，」我說，「我現在沒有心情談這個。」

「對，對。我能體會你的心情。」

他的個性富有同情心，可是他身上隱約帶著某種氣息，令我感到不安。

葛莉塔進來，我替他們介紹。

「你認識葛莉塔小姐吧？」

「當然，」他說，「你好嗎，葛莉塔？」

「還不壞，」葛莉塔說，「你到這裡多久了？」

「才一兩個星期。到處逛逛。」

我突然想到了。出於衝動，我脫口說道：「有一天我曾看到你。」

「真的嗎？在什麼地方？」

「在巴廷頓莊園舉行的大拍賣會上。」

「我想起來了，」他說，「沒錯，我就想我見過你。有個六十歲左右、蓄著棕色鬍髭的男人和你在一起。」

「噢，那是費爾波少校。」

「你那時候精神極好，」他說，「你們兩個都是。」

「好得不能再好，」我帶著常有的怪異感覺，又說了一遍：「好得不能再好。」

「那是當然……那時候你並不知道出事了。意外就是發生在那一天，對吧？」

「是的，我們正等著愛荔一起吃午餐。」

「悲慘，」盧本叔叔說，「多麼悲慘！」

「我不知道你在英國，」我說，「我想愛荔也不知道吧？」

我頓了頓，等著他回答。

「對，」他說，「我沒有寫信來。事實上，我並不知道自己要在英國待多久。後來我在英國的業務比我預期的早結束，我那時還想，是不是該在拍賣會後開車來看看你們。」

「你從美國來這裡是為了公事？」我問。

「噢，算是也算不是。珂拉有一兩件事希望我提供意見。其中之一是關於她想買的房子。」

他這才告訴我珂拉在英國的居留所在。我又說：「我們都不知道。」

「事實上，那天她人就在離這裡不遠處。」他說。

「離這裡不遠？她住在旅館裡嗎？」

「不，她住在一個朋友家。」

「我不知道她在英國有朋友。」

「那女人叫作……叫什麼來著？哈德……噢，是哈德卡梭。」

「克勞蒂．哈德卡梭？」我很驚訝。

「是的，她和珂拉是很熟的朋友。她們在美國的時候就認識了。難道你不知道？」

「我一無所知，」我說，「我對她家的事一無所知。」

我望向葛莉塔。

「你可知道珂拉認識克勞蒂．哈德卡梭？」

「我從沒聽珂拉提起過她，」葛莉塔說，「原來克勞蒂那天失約，就是因為這個。」

「對了，」我說，「那天她和你準備到倫敦逛街購物。你們約好在查德韋市場車站碰面……」

「是的，可是她沒來。我剛離開家她就打了電話來。她說有個客人沒約好就從美國來到她家，所以她走不開。」

「我想，」我說，「那個美國客人會不會就是珂拉？」

「顯然，」盧本．帕多一面說一面搖頭。「事情非常混亂，」他接著又說道：「我知道驗屍庭訊暫時休會了。」

他喝完杯中的飲料，站起身來。

「我不打擾你了，」他說，「如果有我可以效勞的地方，我住在查德韋市場的堂皇大飯店。」

我謝過他，說恐怕沒有什麼地方需要煩勞他。

他離開後，葛莉塔說：「不知道他想幹什麼，他來這裡是為了什麼？」她隨即又說：「但願他們全都回到他們的地盤去。」

「我不知道我在喬治飯店看到的男人是不是史坦佛．勞伊德，我只瞄了一眼。」

「你說和那人在一起的女人長得很像克勞蒂，那麼很可能就是他。他大概是去找克勞蒂，而盧本到英國來是為了找珂拉……真是亂七八糟！」

「我不喜歡這樣。那天所有的人都在附近打轉。」

葛莉塔說事情常常就是這樣。她說這話的時候，依然秉持一貫的開心和理性。

22

在吉卜賽莊園我已無事可做。我讓葛莉塔留下來料理房子，自己渡海去了紐約。我去一方面是為了處理那邊的事務，一方面是帶著惴惴的心情，去參加愛荔一定會認為恐怖已極、有如鍍了一層金的葬禮。

「你有如投身叢林，」葛莉塔警告我。「自己要當心，別讓他們剝了你的皮。」

她說得沒錯。那裡確實是叢林，我一到就感覺出來了。我對叢林一無所知……所謂的那種叢林。我知道自己茫然無措，彷彿就要滅頂。我不是獵人，而是獵物。好多人蹲踞在矮樹叢中圍捕我，槍口瞄準著我。有時候我覺得自己在胡思亂想，有時候我的懷疑證明是其來有自。我記得我去找李平柯向我推薦的律師，一個不折不扣的城市人，他接待我的態度就和普通醫生問診沒有兩樣。曾經有人建議我出售一部分的礦產，因為所有權狀的條文寫得並不清楚。

他問我這是誰說的，我說是史坦佛．勞伊德。

「噢，我們得仔細看看，」他說，「勞伊德先生這樣的人應該很懂才對。」

後來他告訴我：「你的權狀沒有任何瑕疵，所以根本沒有必要如他建議你的匆忙出售這塊土地。你要堅持。」

我感到我的直覺是對的，每個人的槍口都在瞄準我。他們都知道，一談到財務我就成了個笨蛋。

我想，葬禮很隆重，不過也很恐怖。它和我預想的一樣，鍍了一層金。儀式中鮮花堆積如山，墓地就像一座公園，富人的悲痛都妝點成了大理石墓碑。我敢保證，愛茘一定很痛恨這樣的葬禮。可是我想她的家人有權利幫她這樣辦。

我抵達紐約四天後，金斯頓教區傳來了一些消息。

有人在山坡一側廢棄的採石場裡發現李老太婆的屍體。她死了好幾天了。以前那裡也出過事，曾經有人建議把它封起來，不過後來什麼也沒做。意外死亡的裁決已經下來，有人再度建議縣政府把那地方圍起來。在李老太婆的小屋裡，大家發現它的地板下藏有三百英鎊，都是面值一英鎊的鈔票。

費爾波少校又加上一條：「我想你聽到這個消息一定會很難過。克勞蒂．哈德卡梭昨天外出打獵時墜馬身亡。」

克勞蒂死了？我簡直不敢相信！我感到一陣戰慄和噁心。兩個人在兩個星期內死於騎馬的意外，這種巧合幾乎絕無可能。

我不想細述我在紐約的時光。我是個置身於異國氛圍的陌生人，一直提醒自己，必須注意自己的一言一行。我所認識的愛荔，曾經只屬於我的愛荔，已經不在我身邊。我現在只把她視為一個美國女孩，一大筆遺產的繼承人，身邊圍繞著朋友、商場人士和遠親，一個在那裡已定居五代的家族成員。她來自那塊地方，曾經像一顆流星般來到我的領地。

而現在她又回去了，和她的親人葬在一起，回到她自己的家。我很高興自己能夠這麼想。在村外松林腳下舉行的那場小而簡單的葬禮中，我不該那麼輕鬆的。是的，我不該感到輕鬆。

「回到你歸屬的地方吧，愛荔。」我對自己說。

她常伴著吉他唱和的那首歌不時在我腦中響起，縈繞不去：

每個早晨，每個夜晚
有人生來甜蜜溫暖

我想，它說的就是你。你生來就甜蜜溫暖。你在吉卜賽莊園也有過甜蜜溫暖，只是為時很短。現在，它結束了，你又回到那個你並不快樂也可能沒有多少溫暖的地方。可是，你畢竟回家了，置身於自己的親人之間。

我突然想到，我死的時候將會置身何處？吉卜賽莊園？也許。我母親會來探望躺在墓中的我……如果她還活著的話。我無法想像我的母親會死。想像自己死亡反倒容易些。沒錯，她會來看我入土。說不定她那張嚴峻的臉會放鬆一些。我把思路從她身上移開。我不願想起她，我不願接近她或看到她。

說我不願看到她其實並不真確。那不是看不看到她的問題，而是我母親如何看待我的問題。她的眼睛能看透我，會帶著焦慮掃視我，像瘴氣一般包圍我。我想，做母親的都是惡魔！她們為什麼要懷疑自己的兒女？為什麼她們覺得自己對孩子瞭如指掌？她們不了解，不了解！她應該為我驕傲，為我開心，為我擁有這麼美好的生活而高興，她應該……我的思路又從她身上遊開。

我甚至不記得我在美國待了多久。我彷彿度日如年，走路的時候總要帶著警覺，時時被那些滿面虛假笑容、目光飽含敵意的人監視。每天我都對自己說：「我必須熬過去。我一定要熬過去。熬過以後就好了。」我常想到這兩個字。我的意思是，在我心裡想。我每天都要想到好幾回。「以後」，是兩個關乎未來的字。我每天都想到這兩個字，就像我過去想到「我要」那兩個字一樣。我要……

每個人都對我非常好，因為我有錢！拜愛茘遺囑之賜，我現在是個極其富有的人。我感覺很怪。我擁有自己都搞不清楚的投資、股份、股票、產業，我完全不知道該如何處理這些東西。

返回英國的前一天，我和李平柯先生有過一番長談。我常在心裡想到他——李平柯先生。對我來說，他從來不曾變成安德魯叔叔過。我說我想從史坦佛．勞伊德手中收回投資的控制權。

「真的？」

他的白眉一挑，精明的眼神和嚴峻的撲克臉仔細端詳我，一時之間，我不知道他說「真的」到底意味著什麼。

「你認為這麼做好嗎？」我急急問道。

「我想，你應該有理由吧？」

「沒有，」我說，「我沒有任何理由，只是一種直覺，如此而已。我想我對你可以無話不談吧？」

「當然，那是我的榮幸。」

「那好，」我說，「我覺得他是個騙子！」

「啊，」李平柯先生似乎很有興趣。「是的，我可以說你的直覺或許是對的。」

這下我知道我說對了。史坦佛．勞伊德先前一直在愛荔的債券、投資和其他資產上動手腳。我簽下一份律師授權書，把它交給安德魯．李平柯。

「你願意接受嗎？」我說。

「就財務方面，」李平柯說，「你可以絕對信任我。我在這方面會竭盡所能為你效勞。

我相信我不會讓你有任何理由抱怨我的服務。」

我不知道他這句話是什麼意思。他話中有話。我想他的意思是他並不喜歡我，從來就沒喜歡過我，不過在財務方面他會盡力為我處理，因為我是愛荔的丈夫。我簽署了必要的文件，他問我打算如何回英國，搭飛機嗎？我說不，我不搭飛機，我要從海上走。

「我想獨處一段時間，」我說，「我想海上旅行對我有好處。」

「那麼，你的寓所會設在哪裡？」

「吉卜賽莊園。」我說。

「啊。你想住在那裡。」

「對。」我說。

「我還以為你會打算賣掉它。」

「不。」

我說，語氣堅決得超乎我原先想表達的。我不打算離開吉卜賽莊園，它是我夢想的一部分，一個打從我乳臭未乾就有的夢想。

「你離開英國來美期間，有人照顧那棟房子嗎？」

我說，我讓葛莉塔·安德森掌管一切。

「啊，」李平柯先生說，「對，葛莉塔。」

他說到葛莉塔的語氣透著玄機，我本來不想挑破他。如果他不喜歡她，那就是不喜歡。

他從來就沒喜歡過她。這句話引發了一陣難堪的靜默，我因此改變了心意，覺得應該說點什麼才好。

「她對愛荔很好，」我說，「愛荔生病的時候她來照顧她，住在我們家照顧她。我……我對她感激不盡，我希望你能了解。你不知道她有多好，你不知道愛荔死後她幫了我多大的忙，她把所有事情都料理得好好的。沒有她我真的不知道怎麼辦。」

「是這樣。是這樣。」李平柯說，他的語氣有著你想像不到的嘲諷。

「所以，你知道，我欠她很多。」

「非常能幹的女人。」他說。

我起身道再見，並且謝謝他。

「對我你沒什麼好謝的。」他說，語氣依然透著一貫的嘲諷。他又補上幾句：「我寫了一封短信給你，以航空寄到吉卜賽莊園。如果你從海上走，到家的時候會發現那封信在等著你，」他又說：「旅途愉快。」

我遲遲疑疑地問他認不認識史坦佛·勞伊德的妻子，一個叫作克勞蒂·哈德卡梭的女人。

「啊，你是指他的第一任妻子。我從未有見過她，聽說那段婚姻很快就破裂了。離婚後他又再婚，後來也是以離婚告終。」

事情就是這樣。

回到旅館，我有一封電報，要我去加州一所醫院。電報上說我的一個朋友魯道夫・桑托尼克希望我能去一趟。他活不久了，想在臨終前見我一面。

我換了下一班的船票，搭機飛到舊金山。他還沒嚥氣，不過氣若游絲。醫院的人懷疑他死前會恢復神智，可是他非常焦急地要見我。我坐在醫院病房裡看著他，看著那副男人的軀殼。他一向病懨懨的，身上總帶著一種古怪的透明，看上去極其虛弱，也極其脆弱。而現在他躺在那裡，看來像個蠟人，像個死人。我心想：「希望他能和我說話。我希望他說點什麼，在他死前說點什麼。」

我感到如此孤獨，孤獨得可怕。我現在已從敵人手中逃脫，來到一個朋友身邊。事實上，他是我唯一的朋友。除了我母親，他是唯一了解我的人；而我不願意想起我母親。

我偶爾也問護士，問他們能不能想點辦法。而她只是搖搖頭，事不關己地說：「他也許會恢復神智，也許不會。」

我就這麼坐著。終於他有了動靜，還嘆了一口氣。護士輕輕將他扶起來。他看著我，可是我不知道他認不認得我。他只是那樣看著我，像是看透了我，看穿了我。突然，他的眼神起了一絲變化。我想：「他認得我，他看到我了。」他低聲說了什麼，我俯下身去想聽得清楚些。可是他的話好像沒有任何意義。接著，他的身體一陣抽搐，頭往後一仰，用力喊道：「你這個該死的笨蛋，為什麼不走另一條路？」

說完他身體一軟，就斷了氣。

我不知道他是什麼意思。我甚至不知道他曉不曉得自己在說什麼。

那是我最後一次看見桑托尼克。我不知道如果當時我對他說一些話，他聽不聽得見。我很想再告訴他一次，他為我蓋的那棟房子是我在世界上所擁有過最美好的東西，也是最重要的東西。多麼可笑，一棟房子竟然可以如此重要。我想，那是因為它是一種象徵。一種你因為太渴望擁有，反而不知道它是什麼東西的東西。可是他知道那是什麼，而且將它給了我。我得到了它，如今正要回家投入它的懷抱。

回家。這是我在船上的所有思緒。除了這個念頭，一開始還有一股死一般的疲倦，然後是一股欣慰的泉水，有如從心底潮湧而出。我要回家了。我就要回家了。

水手要回家，從海中歸去。

獵人要回家，從山中歸去。

23

是的，這就是我在做的事。一切都結束了。戰鬥的最後一擊，掙扎的最後一搏。漫漫旅途的最後一程。

回想我那永不安定的年輕歲月，那些「我要、我要」的日子，那似乎是久遠以前的事了。事實上它並不久遠，還不到一年……

我躺在船艙的睡鋪上，一面回顧那段歲月，一面思索。

遇見愛茘。我們在攝政王公園共度的時光。我們在婚姻註冊所的婚禮。那棟房子，桑托尼克蓋了它，完成了它。那是我的，全是我的。我成了那個想要變成的我。我一直就想要變成那樣。而現在，我得到了我想要的一切，並且正要回家投入它的懷抱。

離開紐約前我寫了一封信，透過航空郵遞，它會在我抵達前寄到。信是寫給費爾波的。

有時候我覺得別人未必能理解的事，費爾波都能理解。

寫信給他要比當面告訴他容易。反正他遲早會知道。每個人都會知道。有些人或許不能理解，不過我想他可以。他親眼看過愛荔和葛莉塔的親密，知道愛荔對葛莉塔依賴之深。我想他會明白我為什麼也變得如此依賴葛莉塔。除非有人幫我，否則憑我一個人，要住在這棟我曾和愛荔共同生活的房子裡是不可能的。我不知道我表達得夠不夠好。我盡力了。

「我希望，」我寫道，「你是第一個知道這件事的人。你對我們一直都極好，我想你是唯一能理解這件事的人。我無法單獨面對一人住在吉卜賽莊園的生活。在美期間我一直在思考，現在我決定一回到家就要向葛莉塔求婚，要她嫁給我。你知道，她是我唯一能談到愛荔的人。她懂得我們的感情。說不定她並不想嫁給我，不過我想她終究會的。我們的結合會讓一切都回到從前，就彷彿我們三人還住在一起似的。」

我寫了三遍，才完全表達我的意思。費爾波應該在我抵達家門前兩天收到這封信。

船漸漸趨近英國，我登上了甲板。陸地愈來愈近，我放眼望去，心想：「真希望桑托尼克在我身邊。」我確實這麼希望。我希望他知道一切都實現了……我計畫的一切，嚮往的一切，渴求的一切。

我已經擺脫了美國，擺脫了那些騙子和趨炎附勢之輩，擺脫了那些我憎惡同時也因為我的卑賤出身而輕視我、憎惡我的人！我凱旋而歸，我就要回到那片松林，穿過危險的羊腸小徑回到那棟橫亙吉卜賽莊園的山頂華屋。我的房子。我正奔向兩樣我期盼已久的東西。我的房子……我夢寐以求的房子，我策畫已久的房子，我最想得到的房子。其次，是一個漂亮的女人。我早知道總有一天我會遇到一個漂亮的女人。後來我遇見了她，我看到她，而她也看到了我。從我第一眼見到她，我就知道我屬於她，永遠都是。我是她的。現在，終於，我就要投入她的懷抱。

沒有人看到我抵達金斯頓教區。天幾乎黑了，我搭火車過來，然後步行離開車站，走上一條曲折的鄉間小路。我不想碰到村裡的任何人。至少今晚不想。

當我踏上通往吉卜賽莊園的小路時，太陽已經下山。我已經告知葛莉塔我抵達的時間。她會在那棟房子裡等我。終於，我們卸下了所有的遁詞和偽裝……假裝不喜歡她的面具。我一面笑，一面想著我扮演的角色，那個打從一開始我就精心扮演的角色。我假裝討厭葛莉塔，不希望她搬來和愛茘同住。沒錯，我真是煞費心機。想必所有人都被我瞞過了。我記起那段我們刻意製造、存心讓愛茘聽到的爭吵。

打從我們初次見面，葛莉塔就看透了我。我們對於彼此從來沒有任何無謂的錯覺。她的想法和我一樣，欲望和我一樣。我們要這個世界，除了它什麼也不要！我們要攀上世界的頂端。我們要滿足所有的野心，要擁有一切，對自己有求必應。我還記得在漢堡和她初遇，我就對她掏心掏肺，把我對物質的瘋狂欲望全都告訴了她。我沒有對葛莉塔隱瞞我對人生無止無盡的貪心，她也有同樣的貪心。她說：「你一輩子的追求就是要有錢。」

「對，」我說，「可是我不知道該怎麼樣才會有錢。」

「噢，」葛莉塔說，「勤奮工作不可能有錢。你不是那種人。」

「工作！」我說，「那我得花多少年才會有錢？我不想等。我不要等到中年才變得有錢。」我又說，「你知道那個叫謝力曼的傢伙吧？他含辛茹苦，日夜工作，存了一筆錢好實現他一生的夢想——去特洛伊城挖掘特洛伊古墓。他到了四十歲才圓了自己的夢。但我不想等到中年。老了，一隻腳踩在墳墓裡。我希望我年輕力壯的時候就有錢。你也是這樣，對吧？」

「沒錯。我知道一個能讓你現在就有錢的辦法。很簡單，說不定你也想過。女孩子很容易被你迷住，對吧？我看得出來。我感覺得到。」

「你以為我喜歡女人，甚至曾經有過什麼女人？世界上我唯一想要的女人，」我說，「就是你。你自己也知道。我是你的，我一見到你就知道了。我一直相信我會遇見你這樣的女人，而現在，我遇到了你。我只屬於你。」

「沒錯，」葛莉塔說，「我想你是。」

「我們要的人生是一樣的。」我說。

「我告訴你，那很容易，」葛莉塔說，「易如反掌。你只要娶個有錢的女人，世界上數一數二的有錢女人就行了。這個我可以幫你的忙。」

「不要異想天開。」我說。

「這不是異想天開。這很容易做到。」

「不要，」我說，「這對我沒有好處。我不想成為富婆的丈夫。我們會住在一起，她會替我買東買西，好像把我養在金子鳥籠裡。可是我要的不是那個，我不想要當個綁手綁腳的奴隸。」

「你不必當奴隸。你不必當太久的奴隸，只要一段時間就好。做妻子的總會死的，你知道。」

我瞪著她。

「你嚇到了？」她說。

「沒有，」我說，「我沒被嚇到。」

「我還以為你不會被嚇到。我想，或許你曾經被嚇過？」

她詢問的目光望著我，可是我不想回答。我還有一點自保的心理，有些祕密我不想讓任何人知道。其實那些也不算什麼祕密，只是我很不願意想起那些事來。我很不願想起第一次，幼稚而可笑的第一次。也無所謂了。我曾經對一個男孩——他是我同學——的一支高級錶抱有一股強烈的渴望。我想要那支錶，非常想要。那支錶價值不菲，是他有錢的教父給他的。沒錯，我很想要那支錶，不過我沒想過我會有機會得到它。後來有一天，我們一道去溜冰，冰層不夠厚，承受不了我們的重量，這是我們事前沒有想到的。事情就這麼發生了，冰層碎裂開來。我向他滑過去，他在掙扎。他掉到一個冰洞裡，手緊抓著冰緣不放，冰塊割破了他的手。當然，我滑過去是想把他拉上來，可是就在那一刻，我看見他閃著亮光的手錶。我心想：「要是他沉下去淹死……」我想，那不是很容易嗎？

現在回想起來，我當時幾乎是無意識地解開錶帶，接著一把抓住手錶，一面把他的頭往下壓，而不是把他拉上來。我就那麼壓著他的頭。他不再掙扎，沉到冰層底下去了。有人看見了，朝我們跑過來。他們還以為我在努力拉他上來！他們很快就把他撈了上來，但也費了一番周折。他們替他做人工呼吸，可是太遲了。我把我的寶貝藏在一個我專門存放東西的地方。我不希望母親看見那些東西，因為她會問那些東西是哪裡來的。有一天，我母親整理我的襪子，意外發現了那支錶。她問我那是不是彼得的錶。我說當然不是，是我在學校和一個男生交換來的。

我和母親在一起的時候總是很緊張……我老覺得她太了解我了。她發現那支錶的時候我好緊張。我想，她懷疑我了。當然，她不可能知道真相。沒有人會知道真相。可是，她常常以一種怪異的眼光望著我。每個人都以為我曾經試圖把彼得救起來，可是我認為她從來就沒這麼想過。我想她心裡有數。她並不想知道真相，問題是，她太了解我了。有時候我會有點罪惡感，不過很快就消失了。

後來那一次，我在當兵。我們正在接受軍事訓練，我和一個叫艾德的傢伙跑到賭場去。我手氣背得很，輸了個精光，艾德卻贏了一大堆。他把籌碼換成錢，我們就這麼走回去。他身上滿是鈔票，口袋撐得鼓鼓的，這時候，幾個歹徒從街角出現，直衝我們而來。他們手裡都拿著彈簧刀，我的臂膀挨了一刀，艾德卻被刺中要害，倒了下去。這時候，傳來一陣人聲嘈雜，歹徒拔腿跑了。我就想，如果我動作快……我確實夠快！我的反應夠出色了……我拿出手帕把手裹住，從艾德的傷處拔出刀子，朝更致命的地方又戳了兩刀。他大喘一聲，就斷氣了。我當然很害怕，可是只怕了一兩秒鐘，我就知道沒事了。所以，我當然會……呃，為自己的超快反應和俐落手腳感到自豪！我想：「可憐的老艾，他一直是個笨蛋。」我沒花多少時間就把那些鈔票全塞進自己口袋！什麼也比不上靈敏的反應，這樣才能抓住機會。問題是機會並不常有。我想，有些人知道自己殺了人會很害怕，但我不怕；這一次我就沒怕。

請注意，這種事你並不會常常想做，除非真的值得你那麼做。我不知道葛莉塔怎麼會感受到，可是她已經知道了。我不是說她知道我曾經殺過幾個人，而是知道殺人的念頭嚇不了我，也不會讓我難過。我說：「你那個天馬行空的故事是怎麼回事，葛莉塔？」

她說：「我可以幫你。我可以替你和一個在美國數一數二的有錢女孩牽個線。我算是在照顧她。我和她住在一起，對她影響很大。」

「你以為她會看上我這樣的人？」我說。

我根本不信。一個富家千金盡可以去挑選任何性感、迷人的男人，她憑什麼會挑上我？

「你身上有股強烈的性感魅力，」葛莉塔說，「女孩子都會被你迷得團團轉，不是嗎？」

我咧開嘴，笑說這點我確實不賴。

「她從來沒有經歷過那種事，她被保護得太好了。她被允許接觸的年輕男人淨是些傳統的男生，銀行家的公子哥兒、大亨的兒子。依照她的教養，她應該在有錢階級當中找個好丈夫，才算締結良緣。她的家人很怕她會遇到英俊的外國男人，因為他們可能是貪圖她的錢。可是她當然比較喜歡這種人。對她來說這種人很新奇，是她從未接觸過的。你得在她面前好好演一場戲。你得假裝和她一見鍾情，迷得她神魂顛倒！這太容易了，因為她從來沒有和任何人有過真正的接觸。你一定辦得到。」

「我可以試試。」我說，語氣半信半疑。

「我們可以設計一下。」葛莉塔說。

「她的家人會插手阻止的。」

「不，他們不會，」葛莉塔說，「他們從頭到尾會被蒙在鼓裡，等知道的時候為時已晚。等你們祕密結了婚，他們才會知道。」

「原來你打的是這個主意。」

於是我們開始討論，還做了計畫。不過計畫並不詳細，請注意。葛莉塔回到美國，依然和我保持聯繫，我則繼續在這裡東做做西做做，換了好幾份工作。我把吉卜賽莊園以及我對它的渴望告訴了她，她說那正好，可以用來製造一個浪漫的故事。我們訂下計畫，安排我和愛茘在那裡邂逅。葛莉塔負責勸說愛茘在英國買屋置產，要她一成年就遠離家人。

噢，沒錯，是我們設計好的。葛莉塔是個很棒的策畫者。我想我不可能做出這樣的計畫，不過我知道我可以演好自己的角色。我一直都很喜歡扮演角色。所以，事情就這麼發生了。我就是這樣遇見愛茘的。

這整件事情很有趣，從頭到尾都是。它之所以趣味橫生，當然是因為其中一直涉及風險，永遠有危險如影隨形。真正讓我緊張的，是我不得不和葛莉塔見面的那一刻。你知道，我絕對不能讓自己看著葛莉塔的眼神露出馬腳。我盡量不去看她。我們同意我最好假裝不喜歡她、嫉妒她。我演得很好。我記得她來這裡住下的那天，我們上演了一場爭吵，一場愛荔聽得見的爭吵。我不知道我們是不是演得過火了點，想來還不至於。有時候我也擔心愛荔會不會猜到了還是怎樣，不過我猜想她沒有。我不知道，我真的不知道，我從來就沒有了解過愛荔。

和愛荔談情說愛很容易。她很可愛，是的，她真的很可愛，只是有時候我有點怕她，因為她會不告訴我就去做一些事。她還懂得一些我作夢也想不到她會懂的事。可是她愛我；是的，她愛我。有時候，我想我也愛她……

我不是說我像愛葛莉塔一樣愛她。葛莉塔是那種我要託付一生的女人。她是性感的化身。我投身於她卻又不得不壓抑自己。愛荔不一樣。你知道，和她一起生活很快樂。沒錯，現在回想起來，這麼說似乎很奇怪。可是，我和愛荔在一起真的很快樂。

我把這些寫下來，是因為這就是我從美國返抵英國那天晚上的思緒。當我回到世界的頂端，我已經得到了我渴望的一切，現在我可以親口說，這是不畏艱難、不怕冒險、不惜犯下一樁漂亮的謀殺所換來的。

沒錯，我也曾想過一兩次，儘管我們幹得漂亮，可是沒有人看得出來，這點頗為奇怪。現在危機已經結束，風險也已過去，而我正走向吉卜賽莊園，一如那天看到牆上張貼的廣告後走上山去看那棟老屋的殘垣破瓦一樣。我就這麼往上走，一直走到路的轉彎處……

這時候，我看見了她。我的意思是，我看見了愛荔，就在我走到常常發生意外的彎道之際。她站在同樣的地方，在那棵樅樹的濃蔭下。她就那麼站著，看到我的時候有點吃驚，而我也嚇了一跳，因為看見了她。在那裡，我們先是彼此凝望，接著我趨前和她說話，扮演一個突然墜入愛河的年輕人。而我演得非常之好！噢，我告訴你，我是個出色的演員！

可是，我沒料到我現在會看到她。我的意思是，我不可能在此時此刻看到她，對吧？但我正在看她。她也在看，直直地看著我。只是，有件事讓我很害怕，非常害怕，那就是她好像沒看見我……我的意思是，我知道她不可能真的出現在那裡，我知道她已經死了，可是我看見了她。她已經死了，軀體埋在美國的墓穴裡。可是，她就站在那棵樅樹下看著我。不，她不是在看我。她的表情像是在等著見我，臉上充滿愛意。我也曾見過同樣的愛意，當時她撥著吉他的弦，一面對我說：「你為什麼這樣看我？」我說：「怎樣看你？」她說：「你看我的樣子，好像你愛我。」我就回她「我當然愛你」這類的傻話。

我呆若木雞，僵死一般地停頓在馬路中間。我在發抖。我大喊：「愛荔？」

她動也不動，就只是站著、看著，視線直直地穿透我。這讓我非常害怕，因為我知道我只要稍微想一想就會明白為什麼她看不見我，而我不想知道。沒錯，我不想知道。我敢確定，我並不想知道。她直直地看著我站立的位置，卻沒看見我。我開始跑。像個膽小鬼，埋頭朝著我燈火明亮的房子跑，直到擺脫了那股可笑的驚懼為止。我勝利了，我到家了。我是山中歸來的獵人，回到了自己的家，回到我嚮往已久、無與倫比的家，回到我靈魂和肉體魂牽夢縈的漂亮女人身邊。
現在，我們就要結婚了，而且會住在這棟房子裡。我們苦心經營的一切現在全到手了，我們成功了……輕而易舉就成功了。
門沒有上閂。我大踏步走進去，穿過書房敞開的門。葛莉塔站在窗邊等著我，豔光照人。她是我見過最美豔、最可愛的尤物。她簡直像北歐神話中長著一頭金髮的布侖希爾德。她的味道，她的相貌，在在散發出性感的味道。除了偶爾在「福地」短暫的幽會外，我們已經壓抑了如此之久。
我直奔她的懷抱。水手回家了，從海上回到他歸屬的所在。是的，這是我一生中最美好的時刻。
我們立刻又回到現實。我坐下來，她把一小紮信推給我。我幾乎是無意識地挑出一封貼有美國郵票的信，是李平柯寄來的航空信。我不知道他在裡面寫了什麼。
他為什麼要寫信給我？
「噢，」葛莉塔滿足地長嘆一聲，口中說道：「我們成功了。」
「這確實是我們的勝利之日。」我說。
我們都笑了，肆無忌憚地笑。桌上擺著香檳，我打開瓶蓋，一起舉杯祝賀。
「這地方好美，」我一面環顧四望一面說，「比我印象中還美。桑托尼克……我還沒告訴你，他死了。」

「天哪，」葛莉塔說，「真可惜。這麼說，他是真的有病？」

「他當然有病。我一直不願意承認他有病。他臨終的時候我去看過他。」

葛莉塔微微打了個寒顫。

「如果是我，我就不會去看他。他說了什麼嗎？」

「其實沒說什麼。他只說我是個該死的笨蛋，說我應該走另一條路。」

「他是什麼意思……什麼路？」

「我也不知道他是什麼意思，」我說，「我想他是胡言亂語，不知道自己在說什麼。」

「啊，這棟房子有如一座懷念他的紀念館，」葛莉塔說，「我想我們會一直住下去，對吧？」

我瞪著她。

「當然，你以為我們會到別的地方住嗎？」

「我們不能老是住在這裡，」葛莉塔說，「不能一年到頭都住在這裡，像這個村子一樣埋在地洞裡。」

「可是我就想住在這裡。我一直就想住在這種地方。」

「那是當然。可是，邁克，我們已經擁有全世界的財富，我們什麼地方都可以去。我們可以遊遍整個歐陸，可以去非洲狩獵旅行。我們可以到處探險，去找東西，例如激動人心的繪畫。我們可以去吳哥窟。你不是一直都想過冒險的生活嗎？」

「嗯，我想是可以這樣。不過，我們終究會回到這裡，對吧？」

我有種奇怪的感覺，覺得有些事出了差錯。我朝思暮想的，就是這棟房子和葛莉塔，其他的我什麼也不要。可是她要，我看得出來。她才剛開始，開始去渴望一切，開始知道她能擁有一切。我突然有種殘忍的預感，還簌簌發抖。

「你怎麼了，邁克？你在發抖，你感冒了嗎？」

「不是。」我說。

「怎麼了，邁克？」

「我看到愛荔了。」我說。

「你看到愛荔？什麼意思？」

「剛才我在上山的路上，一轉彎就看到她站在一棵樅樹下看著我……我的意思是朝我這個方向看。」

葛莉塔直盯著我看。

「別荒唐了。你……你在胡思亂想。」

「有時候人確實會胡思亂想。這裡畢竟是吉卜賽莊園。愛荔就站在那裡，她看起來……看起來很快樂，就和過去沒兩樣。她會一直在那裡，而且永不離開。」

「邁克！」葛莉塔抓住我的雙肩用力搖晃。「邁克，別說了。你回來之前是不是喝酒了？」

「沒有。我要等回到你身邊再喝。我知道你會準備香檳為我們慶祝。」

「那好，我們就忘了愛荔，為我們自己乾一杯吧！」

「那是愛荔沒錯。」我固執地說。

「一定不是愛荔！那只是光線造成的錯覺。」

「是愛荔，她就站在那裡，她在找我，還看著我。可是她看不見我。葛莉塔，她看不見我，」我的聲音突然提高。「我知道為什麼了。我知道為什麼愛荔看不見我。」

「你在說什麼鬼話？」

我壓低嗓門，聲音輕得只有我自己聽到。

「因為那不是我。我人不在那裡。她什麼也看不到，只除了漫漫長夜，」接著我突然大叫，語氣充滿驚懼。「有人生來甜蜜溫暖，有人生來長夜漫漫。是我，葛莉塔，那就是我。葛莉塔，你還記得嗎？」我說，「她常坐在那條沙發上，抱著吉他彈那首歌，伴著她輕柔的歌聲。你一定記得。

「『每個夜晚，每個早晨』，」我低聲吟唱，「『有人生來多災多難；每個早晨，每個夜晚，有人生來甜蜜溫暖。』那是愛荔，葛莉塔，她生來就是甜蜜溫暖。『有人生來甜蜜溫暖，有人生來長夜漫漫。』我母親知道我就是這樣。她知道我生來就屬於漫漫長夜。以前我雖然沒走到那一步，可是她心頭雪亮。桑托尼克也是，他知道我正在朝那條路走。可是，這本來可以不必發生的。那短短的剎那，就是那一剎那，就在愛荔唱這首歌的時候。我本來可以很快樂的，在娶了愛荔之後，不是嗎？我本來可以和愛荔白頭偕老的。」

「不，不可能，」葛莉塔說，「邁克，我作夢也沒想到你這人竟然這麼沒膽，」她又用力搖我的肩膀。「醒一醒。」

我瞪著她。

「很抱歉，葛莉塔。我剛才說了什麼？」

「我想美國那些人把你整得很慘，不過你都搞定了，對吧？我的意思是所有的投資都沒問題了吧？」

「一切都搞定了，」我說，「我們未來的一切都搞定了。我們輝煌、燦爛的未來。」

「你說話的口氣好怪。我想看看李平柯在信裡說了什麼。」

我打開那封信。除了一張報紙剪報外，什麼也沒有。那張剪報又舊又皺，不是新的。我低頭去看它。是一張街道的照片。我認得這條街道，它背後有個富麗堂皇的建築。那是漢堡的一條街，有人正朝攝影師走來，其中兩人手挽著手走在最前面：葛莉塔和我。原來李平柯早已知道。他早就知道我認識葛莉塔。一定是什麼人把剪報寄給了他，也許並非出於惡意，只是覺得認出葛莉塔．安德森走在漢堡的街上很好玩。他早就知道我認識葛莉塔。我想起他曾經特別問我是否見過葛莉塔．安德森。我當然矢口否認，而他知道我在說謊。這一定讓他對我起了疑心。

我突然懼怕起李平柯來。當然，他不可能懷疑我殺了愛荔，不過他心中已經起疑。說不定他連那個都疑心到了。

「聽著，」我對葛莉塔說，「他知道我們認識。他早就知道了。我向來很討厭那隻老狐狸，而他也一直討厭你，」我說，「如果他知道我們要結婚，他會起疑的。」可是我隨即想到，李平柯想必早就認為葛莉塔和我有可能會結婚。他早就懷疑我們認識，甚至懷疑我們是情人。

「邁克，你別像一隻驚惶失措的小白兔好不好？沒錯，我就要這麼說，一隻驚惶失措的小白兔。我佩服你，一直都佩服你，可是現在你崩潰了。你什麼人都怕。」

「不可以這麼說我。」

「可是我說的是真話。」

「漫漫長夜。」

除此之外，我想不出什麼話說。我依然不知道，這話到底是什麼意思。漫漫長夜，意味著黑暗，意味著我不能被人看見。我看得見死人，死人卻看不見我，雖然我還活著。他們看不見我，是因為我其實不存在。那個愛著愛荔的男人並不存在。他出於自願，走進了漫漫長夜。我頭垂得更低了，幾乎要觸地。

「漫漫長夜。」我又說了一遍。

「不要再說了，」葛莉塔怒喝道，「站起來，像個男人一樣，邁克。別被這個荒謬的迷信給嚇到。」

「我身不由己，」我說，「我已經把靈魂賣給了吉卜賽莊園，對吧？吉卜賽莊園一向就不是個安全的地方。它對任何人來說都不安全。它對愛荔不安全，對我不安全，說不定對你也是。」

「你這話是什麼意思？」

我站起身走向她。我愛她，是的，我依然愛她，對她依然帶著最後一股強烈的性渴望。可是愛、恨和欲望，不是同一回事嗎？三者合而為一，也一分為三。我從來沒有恨過愛荔，可是我恨葛莉塔。我從憎恨中得到快樂。我全心全意、甚至帶著按捺不住的欣喜去恨她……我等不到安全的解脫辦法，我也不想等。我慢慢逼近她。

「你這個臭婆娘！」我說，「你這個可惡、迷人、金髮的臭婆娘。你不安全，葛莉塔。我對你並不安全。你明白嗎？我已經學會享受……享受殺人的樂趣。那一天，當我知道愛荔正騎著馬奔向死亡，我好興奮。整個上午我都因為殺人而陶醉不已。但直到現在，我還沒有這麼近殺過人。這次不一樣。我要享受更多的樂趣，那會比知道有人早餐時吞了一顆膠囊即將喪命樂趣更多，比把一個老太婆推下採石坑更多。我要親自用我的手殺人。」

葛莉塔現在害怕了。她，是我在漢堡初見後就以一生相許，在遇到她後就裝病、把工作拋在腦後，只求和她朝夕相伴的人。是的，那時候我完全屬於她，從靈魂到肉體。現在，我不再屬於她。我是我自己。我正步入另一個我夢寐已久的王國。

她很害怕。我喜歡看她害怕。我掐在她脖子上的雙手更用力了。是的，直到現在，當我坐在這裡寫下一切（請注意，這是非常快樂的事），寫下關於自己的一切，自己的所思所想以及我是如何騙過了每個人……沒錯，這是非常快樂的事。沒錯，殺死葛莉塔的時候，我異常快樂。

24

在那以後，其實就沒有多少可說了。我的意思是，那一刻事情已經達到了高潮。我想，人往往會忘記：一旦擁有了一切，就沒有更好的東西可以追求了。我就那樣坐了好久好久。我不知道他們是什麼時候來的，也不知道他們是不是一起來的。他們不可能早就躲在我家裡，因為他們不會任由我殺死葛莉塔。我注意到，頭一個來的是神。我不是指神，我糊塗了，我是指費爾波少校。我一直都很喜歡他，他對我很好。我想，某些方面他確實很像神。我的意思是如果神是個凡人，而不是高高在天堂某處、超凡入聖的話。他是個公正的人，非常公正又非常仁慈。他看顧所有的人、所有的事，盡力為人群服務。

我不清楚他對我了解多少。我記得那天早上他在拍賣會上說我要小心「樂極生悲」時望著我的怪異眼神。我不知道他為什麼覺得我那天會「樂極生悲」。

隨後我又想起當我們站在那個小土堆上，裡頭埋著有騎馬習慣的愛茘……我不知道他是不是當下就領悟到我和此事有關，還是有了什麼聯想。

葛莉塔死後，一如我所說，我就那麼坐在椅子上，低頭望著我的香檳酒杯。酒杯是空的，什麼都是空的，無比的空。我們只點了一盞燈，我和葛莉塔，可是燈在角落裡，沒有發出太多的光，而太陽……我想太陽很早就下山了。我就那麼坐著，心頭帶著困惑，想著接下來會發生什麼事。

我想，就是那時候，他們一個個來了。也可能是一大堆人一起來。如果是一起來，他們一定非常安靜，要不然我不會什麼也沒聽見或什麼人也沒注意到。

如果桑托尼克在這裡，他或許會告訴我該怎麼做。但桑托尼克死了。他走了一條和我迥異的路，他無能為力。事實上，任何人都無能為力。

過了一會，我看到蕭醫生。他是那麼安靜，一開始我還以為他沒來。他坐得離我很近，似乎在等待。過了半晌，我想他是在等我開口說話，我就對他說：「我回到家了。」

他身後有一兩個人動了動。他們好像也在等，等著他做些什麼。

「葛莉塔死了，」我說，「我殺了她，我希望你們把屍體搬走，好嗎？」

不曉得什麼地方有人按了一下閃光燈。一定是警方的攝影師在替屍體拍照。蕭醫生轉過頭來厲聲說道：「等下再照。」

接著他又把臉轉向我。我傾過身去，說道：「我今天晚上有看到愛荔。」

「真的？在哪裡？」

「她站在外面一棵樅樹下面。你知道，就是我初次見到她的地方，」我頓了頓又說，「她沒看到我。她看不到我，因為我不在。」片刻後我又說：「所以我很難過，非常難過。」

蕭醫生說：「東西在膠囊裡，對吧？膠囊裡有氰化物？那天早上你拿給愛荔吃的就是那個？」

「那是用來治她的花粉熱的，」我說，「她騎馬的時候常常吞一顆以防過敏。葛莉塔和我在其中一兩顆加了從花房採來的蜂毒，再把它們合起來。我們在『福地』做的。很聰明，對吧？」我笑了。那是一種奇怪的笑，我親耳聽到的。說它是怪異的咯咯笑聲毋寧更為貼切。我說：「你來看她腳踝的時候，把她的東西都檢查過了，對吧？安眠藥和抗過敏膠囊。可是都沒問題，對吧？沒有一種有害。」

「的確無害，」蕭醫生說，「藥丸是無辜的。」

「那一招真的很聰明，對吧？」

「你們的確很聰明，但還不夠聰明。」

「話說回來，我不知道你們是怎麼發現的。」

「第二起命案發生後我們就發現了。那起命案你們並沒有料到會發生。」

「你是說克勞蒂．哈德卡梭？」

「是的。她和愛荔的死因相同，是在狩獵場上墜馬而亡。克勞蒂也是個健康的女人，可是也從馬背上摔了下來。你知道，這一回時間不長，他們幾乎是當下就扶起了她。氰化物的氣味還在。如果她像愛荔一樣在野地裡躺上幾個小時，那就什麼也沒有了，什麼也聞不到，什麼也發現不了。只是我不知道克勞蒂的膠囊是哪裡來的。除非是你們在『福地』遺漏了一顆。克勞蒂常去福地。我們在那裡發現了她的指紋，她還掉了一個打火機在那裡。」

「一定是我們太不小心了。裝膠囊並不容易。」我接著又說，「你懷疑我和愛荔的死有關，對吧？你們全都懷疑過？」我看著四周模糊的人影。「我想，你們全都懷疑過。」

「這種事通常紙包不住火。只是我不知道我們有什麼辦法阻止你。」

「你應該警告我的。」我說，語帶譴責。

「我不是警察。」蕭醫生說。

「那你是什麼？」

「我是醫生。」

「我不需要醫生。」

「這還有待觀察。」

我看著費爾波，說道：「你在做什麼？來這裡審判我，主持這場審判？」

「我只是一名治安官，」他說，「我是以一個朋友的身分來的。」

「我的朋友？」我吃了一驚。

「愛荔的朋友。」他說。

我聽不懂。這一切對我都毫無意義，不過我忍不住感到自己相當重要。所有的人都來了。警官和醫生，蕭醫生和一向忙碌的費爾波。這整件事很複雜。我的意識開始模糊。你知道，我好累。我常常突然感到疲累，接著就墜入夢鄉……

接著是來來去去的人。好多人來看我，各式各樣的人。好多律師……一個公辯律師，我想，和他一起來的是另一種律師，還有醫生，好幾個醫生。他們老是來煩我，而我根本不想理他們。

其中有個人老是問我有沒有什麼要求。我說有。我只要求一件事。我說我需要一枝原子筆和一大疊紙。你知道，我想把事情寫下來，把事情發生的來龍去脈全部寫出來。我想告訴他們我的感覺和想法。我對自己想得愈多，愈覺得每個人都會覺得這很有意思。因為，我這人很有意思。我是個有意思的人，做了有意思的事。

那些醫生——反正其中一個一定是醫生——似乎認為這是個好主意。我說：「你們老是要人做筆錄，那麼何不讓我把自己的供詞用筆寫下來？說不定哪一天，每個人都可以讀到。」

他們就讓我寫了。我常感到疲倦，不能長時間不停地寫。有人提出一個「減輕刑責」的詞彙，其他人不同意。你會聽到很多事情。有時候他們也不想想，我正在聽。後來我必須出庭，我要他們把我最好的衣服拿來，因為我要保持一個良好的形象。他們似乎派了一些偵探來監視我，時間還不短。那些新來的僕人，我想他們是李平柯安排的，要不就是被他召上法庭的。他們發現很多我和葛莉塔的事。真好笑，自從葛莉塔死後，我並沒有多想她。殺了她以後，她對我來說好像一點也不重要了。

我竭力想找回掐死她當下那絕妙的勝利感受。可是，就連那種感覺也消逝了。

有一天，他們突然帶我母親來看我。她站在門口看著我，眼神不再像以往那樣憂心忡忡。我覺得她現在的目光充滿了悲哀。她沒說什麼，我也沒有。

她只說：「我努力過，邁克。我非常努力想確保你不出事。我失敗了，我一直擔心我會失敗。」

我說：「沒關係，媽。這不是你的錯，是我自己選了我要走的路。」

我突然想到，這句話桑托尼克曾經說過。他也替我擔心，而他也同樣無能為力。任何人都無能為力……或許只除了我自己。我不知道，我不敢肯定。可是我時不時會想起，想起那天愛茘對我說：「當你那樣看著我的時候，你在想什麼？」我說：「我怎樣看你？」她說：「你看我的樣子，好像你愛我。」我想就某一方面來說我確實愛她。我本該愛她的，她是那麼的甜蜜。愛茘，甜蜜溫暖的愛茘。

我想，我的問題是我要的東西太多，永遠太多。而且我在追求那些東西的時候想走捷徑又貪得無厭。

那一天，當我初次在吉卜賽莊園邂逅愛茘，我們沿著小路往下走的時候遇到了艾絲特。她對愛茘提出警告，那天我就有了那個念頭。我的腦海裡有了付錢買通她的念頭。我知道她是那種為了錢什麼事都做得出來的人，我說要付錢給她，要她開始警告愛茘，嚇唬愛茘，讓她覺得自己時時處於危險之中。我想，如果讓愛茘死於恐懼看來似乎更為可信。我現在知道了，我敢肯定，那一天艾絲特是真的害怕。她是真的替愛荔感到害怕。她警告愛荔，要她離開，要她別和吉卜賽莊園有任何牽連。當然，她等於是警告愛荔別和我有任何牽連。我當時沒有領會到，愛荔也沒有。

難道愛荔怕的是「我」？我想一定是，雖然她自己並不知道。她知道有個東西在威脅她，知道這裡有危險。桑托尼克也知道我的邪惡，就像我母親一樣。說不定他們三個都知道。愛荔知道卻不在意，而且從來沒有在意過。奇怪，真奇怪。我現在懂了。因為我們在一起非常快樂。是的，非常快樂。但願那時候我能領悟到，我們在一起有多麼快樂。我本來有機會快樂的。說不定每個人都有機會。而我，卻轉身棄它而去。

很奇怪，不是嗎？葛莉塔其實根本無關緊要。

甚至那棟漂亮的房子也無關緊要。

只有愛荔，而愛荔再也看不到我了。長夜漫漫。這就是我的故事的結局。

我的結局就是我的開始，這是大家常說的一句話。

可是，它到底是什麼意思呢？

而我的故事到底是從哪裡開始的呢？

我得好好想想……

專文推薦

藏在日常細節中的冒險

楊照（作家）

一開始，就都在那裡了。

一九二〇年，阿嘉莎．克莉絲蒂出版了《史岱爾莊謀殺案》，神探白羅就已經退休了。而且在這個案子裡，藉由敘述者海斯汀的轉述，就鋪陳出克莉絲蒂小說最基本的偵探原則：

「那些看來或許無關緊要的小細節……它們才是重要的關鍵，它們才是偉大的線索！」

「豐富的想像力就像洪水一樣，既能載舟亦能覆舟，而且，最簡單直接的解釋，往往就是最可能的答案。」

「沒有任何謀殺行為是沒有動機的。」

還有，一個不討人喜歡的死者，一群各有理由不喜歡死者、因而也就都有殺人動機的人，這些人彼此之間構成複雜的關係，有的互相仇視，有的互相愛戀，麻煩的是，有些愛人其實貌合神離，有些仇人其實私下愛慕；更麻煩的是，不論是愛或是仇，都有可能是扮演出來的。

一個外來的偵探必須周旋在這些嫌疑者之間，從他們口中獲取對於案情的了解，換句話說，他必須在很短的時間內，搞清楚誰是誰、誰跟誰吵架、誰跟誰偷情，然後判斷誰說的哪一句是實話、哪一句是謊言。常常謊言比實話對於破案更有幫助。

再偷偷透露一下，如果要和小說裡的凶手及小說背後的作者鬥智，就像克莉絲蒂對英國社會的了解，祕訣就在於要去追究小說裡的人物背景，尤其是他們的階級地位。基本上，階級地位愈高、權力愈大、愈有錢者，說的話就愈不要相信。例如在《史岱爾莊謀殺案》中，僕人、園丁說的話遠比有頭有臉的人說的要可信多了。就算要說謊，他們的謊言也比較天真，而且往往出於善良動機。當你歸納線索時，就會知道他們並非故意說謊，那是因為他們的認知受到蒙蔽或誤導，而你慢慢就從這蒙蔽或誤導中被引導到真相。

《史岱爾莊謀殺案》出版那年，克莉絲蒂三十歲，但書稿其實早在五年前就寫好了，畢竟要找到有人願意出版一個看來再平凡不過的家庭主婦寫的小說，並不是那麼容易。

所有和克莉絲蒂接觸過的人，都對於她的「正常」留下深刻印象。她看起來就和她那個年紀的典型英國家庭主婦一樣，害羞、靦腆，只能在社交場合勉強跟人聊些瑣事話題，完全無法演講，甚至連只是站起來對眾賓客說幾句客套話，請大家一起舉杯，她都做不到。她不演講，也很少答應接受採訪，就算採訪到她也很難從她口中得到有趣的內容。她會講的，幾乎都是記者本來就知道、或者自己就可以想得出來的。

例如說白羅這個神探的來歷。克莉絲蒂回答：他應該是個外國人，這樣就能在英國日常生活中看出英國人自己看不出的線索。她自己碰過的外國人，只有第一次大戰剛爆發時到英國避難的比利時人。比利時警察怎麼能跑到英國來？那一定是因為他已經退休了。他有潔癖，所以對於現場會有特殊的直覺，馬上感受到不對勁的地方。一個有潔癖的人，好像應該長得矮小些才相稱，一個矮小有潔癖的人最適當的名字，就是希臘神話裡的大力士「赫丘勒斯（Hercules）」，製造出荒唐的對比趣味。那白羅這個姓是怎麼來的呢？克莉絲蒂很誠實地說：「我不記得了。」

一切都如此順理成章，一切都如此合邏輯，不是嗎？有記者問她怎麼看自己的舞台劇〈捕鼠器〉，創下了英國劇場、甚至全世界劇場連演最多場紀錄的名劇？克莉絲蒂的回答也還是中規中矩，合理合節：那是一齣小戲，在一個小劇院演出，成本很低，任何人想到了都可以帶家人或朋友去看，老少咸宜，並不恐怖，也不特別荒謬打鬧，可是又什麼都有一點，包括恐怖和荒謬打鬧的成分。

她的身上找不出一點傳奇、怪誕色彩，那她為什麼能在五十年間持續寫偵探小說，創造了那麼多謀殺，還創造了那麼多詭計？

首先因為她是女性，以及她的身世，包括她的階級身分，使得她在描寫故事場景時比一般男性作者來得敏感。因為在她之前的偵探推理小說男性作家的階級身分都是高高在上，基本上他們會從較高的角度看社會，比較看不到底層的感受。

而她的婚變以及婚變中遭逢的痛苦，都使她更能體會與觀察，將英國社會的複雜細節融入小說的核心情節，讓探案與線索分析結合在一起。

克莉絲蒂一生結過兩次婚，第一次在一九一四年，婚後不久，丈夫就參加了歐戰，是英國皇家空軍最早一批飛行員。一九二六年，這個丈夫有了外遇，直率地向克莉絲蒂要求離婚，在那之前，克莉絲蒂的媽媽才剛過世，雙重打擊之下，又遇到車子無法發動，克莉絲蒂崩潰了，她棄車而走，忘記了自己究竟是誰，躲進一家鄉間旅館，登記時寫了她心裡唯一有印象的名字——她丈夫情婦的名字。

離婚後，一次在晚宴中，有人提起近東烏爾考古的最新收穫，克莉絲蒂就取消了原定要去西印度群島的計畫，改訂了跨越歐洲到君士坦丁堡的「東方快車」，是的，就是這趟旅程給了她寫《東方快車謀殺案》的靈感。不過更重要的是，在烏爾，她認識了一位年輕的考古學家，比她小十四歲，這個人後來成了她的第二任丈夫。

這位考古學家陪她去參觀在沙漠中的烏克海迪爾城，卻在沙漠中迷路困陷了。幾小時中克莉絲蒂卻沒有一點驚慌不安，當下考古學家就決定要向她求婚。

原來，克莉絲蒂的內心是有這種冒險成分的。要不然她不會兩次選到的，都是喜愛冒險的丈夫，而她本身大概也不會吸引一個在各種危險情境下挖掘古代寶藏的人，讓他願意向一個大他十四歲的女人求婚。

這樣說吧，維多利亞時代後期的英國環境，壓抑限制了克莉絲蒂冒險、追求傳奇的內在衝動，她只好將這樣的衝動寄託在丈夫和寫作上。她一邊陪著第二任丈夫在近東漫走，一邊在小說中寫各式各樣的謀殺與探案。謀殺和探案都是冒險，還有，偵探偵查中做的事——蒐集線索，還原命案過程——其實和考古學家的考掘，如此相似！

克莉絲蒂寫得最好的，正是「藏在日常中的冒險」。她個性中的雙面成分，造就了特殊的偵探魅力。既嚮往非常傳奇，卻又有根深柢固的日常邏輯信念，兩者都在克莉絲蒂的小說中扮演了重要角色。她的謀殺案幾乎都和日常習慣緊密編織在一起，日常環境成了凶手最重要的掩護。有些日常規律明顯地被破壞了，讓我們很自然以為那會是謀殺的線索，沿著這些線索形成了閱讀中的推理猜測，然而白羅早就提醒了，真正重要的反而是那些「細節」，也就是看來像是依隨日常邏輯進行的事，或說藏在日常邏輯中因而不被看重的事，那裡要嘛藏著凶手的核心詭計、煙幕，要嘛藏著凶手致命的破綻。

凶案的構想，就是如何讓異常蓋上日常、正常的面貌，又如何故意將日常、正常予以扭曲，製造假象；那麼偵探要做的，就是如何準確地在日常中分辨出真正的異常，將假的、明顯的異常撥開來，找出細節堆疊起來的異常真相。

此外，克莉絲蒂的小說裡隱藏著極其曖昧的情感價值觀，最典型、最有名的就是《東方快車謀殺案》。透過追查過程，讓讀者知道為什麼凶手要訴諸於這種手段，其動機具有可同情之處，再加上克莉絲蒂對身分階級的觀察，她比較相信或讓讀者相信那些沒有權力、地位的人，隨著偵查節奏去認識可能或必須懷疑的人。克莉絲蒂最擅長營造「多重嫌疑犯」的小說特質，因為讀者在閱讀時必須被迫去認識很多不一樣的人。在她最受歡迎的作品，大概都具備這樣的特質。

當然，她的作品中還有兩個最突出的神探，即白羅和瑪波。白羅是比利時人，但為什麼必須是外國人？這是因為英國人具有高度階級意識，這種觀念一路滲透到所有互動細節，包括人與人之間如何說話。而白羅因為不是英國人，他會發現一般英國人不太看得出來的東西，以及兩個人互動的方法哪裡不正常。至於瑪波為什麼得是老太太？她一如那個年代的老人家，總是靜靜坐著打毛線，因為不起眼，自然讓人放鬆防備，所以瑪波探案的線索都是來自於這樣的互動模式。

然而，白羅有很明顯的優勢，瑪波的身分使她基本上只能進行「靜態」的辦案，案子的空間受到侷限，白羅卻可以跨越各種空間，恣意揮灑。而且白羅擁有警官身分，可以合理出現在各種犯罪現場，瑪波能出現的地方，相形之下就勉強、不自然多了。白羅是明白的outsider，在英國，只要他出現，就會覺得有外人在而感到緊張，於是很容易露出平常不會表現的行為；瑪波則看起來是insider，但實質上是outsider，因為總是沒人發現她、當她空氣人。這兩人的探案，是兩個極端。雖然讀者最愛白羅，但克莉絲蒂自己偏愛瑪波勝於白羅。

不管後來的偵探、推理小說發展了多少巧妙詭計，克莉絲蒂卻不會過時，因為她的推理如此密切地和日常纏繞在一起；活在日常中，我們就無可避免被克莉絲蒂的「日常細節推理」吸引，隨時讀來都充滿驚奇趣味。

名家盛讚克莉絲蒂（依推薦時間排序）

金庸（作家）

克莉絲蒂的寫作功力一流，內容寫實，邏輯性順暢，也很會運用語言的趣味。閱讀她的小說，在謎底沒有揭露之前，我會與作者鬥智，這種過程非常令人享受。其作品的高明之處在於：布局的巧妙完全意想不到，而謎底揭穿時又十分合理，讓人不得不信服。

詹宏志（作家、PChome網路家庭董事長）

推理小說在從先輩柯南．道爾等人的發明中出現力量時，誕生了一位《天方夜譚》故事中每天說故事說個不停的王妃薛斐拉．柴德，也就是「謀殺天后」克莉絲蒂，整個世界對聽這些故事才有如此的熱情。他們捨不得睡覺，每天問後來還有嗎、還有嗎，永遠不肯離去，這就是克莉絲蒂對推理小說的最大貢獻。

可樂王（藝術家）

所謂「克莉絲蒂式」的推理小說，就是一場和一個天才的寫作者或高明的恐怖份子在紙上捕掠捉殺的戰事。即便是一列火車、一處飯店或一間酒吧，在克莉絲蒂寫來皆充滿神祕和猜謎。在人生適合的下午裡，我總是一面嚼著口香糖，一面跟著矮子偵探白羅穿梭謀殺現場，克莉絲蒂的推理作品無疑是推理世界中最充滿「魔術性」的小說。

吳若權（作家、節目主持人）

我從小就對推理小說情有獨鍾，克莉絲蒂一系列的作品尤其令我愛不釋手。多年來，閱讀推理小說的經驗讓我覺悟：讀者在文字情節中推展開來的驚嘆，不只是因緣於故事的本身，而是自我性格的投射。從這個觀點來看克莉絲蒂一系列的作品，她簡直就是洞徹人性的算命師。而讀者，在她的文字中，發現了自己無可奉告的命運。

藍祖蔚（國家電影及視聽文化中心董事長）

做過藥劑師，難免懂得毒藥；嫁給考古學家，難免也就嫻熟文明的神祕；再加上曾經失蹤九天，一切不復記憶的離奇經驗，的確提供了寫作靈感，但若少了想像力，那些片羽靈光縱使辛辣如辣椒，卻不足以成菜。

推理小說重布局、重人物描寫，克莉絲蒂最厲害的卻是犀利的人性觀察，她一手創造的白羅探長，潔癖個性完全和她相反，更將她所憎厭的人格特質集於一身，殊不知，唯有不對著鏡子寫作，才能夠跳出框架與制式反應，開闢無限寬廣的新世界，建構多面向的詭異迷宮。

看完她的小說，你只會更加訝異，到底是什麼樣的心靈才能成就這般視野？

李家同（作家、前暨南大學校長）

克莉絲蒂的整體布局十分細膩，最後案情也都講解得非常詳細，回頭去看，在書中都找得到線索。故事的情節與內容也很好看，不是像一個流氓在街上被殺掉那麼單調。……看小說應該要花腦筋、要思考，從小就要養成思辨的能力，看她的小說，就是對邏輯思考能力極佳的訓練。

袁瓊瓊（作家）

雖然被公認是冷靜理性的謀殺天后，但是在理性之下，克莉絲蒂的底色依舊是感情。克莉絲蒂很明白，所有的慾望之後，都無非是某種愛情。在以性命相搏的犯罪世界裡，凶手以終結他人的性命來遂私欲，不過是為了成全自己的愛，或者是成全自己的恨。

鄧惠文（精神科醫師）

以推理小說作家而言，克莉絲蒂的風格相當獨樹一格。她的偵探在辦案時，靠的不光是科學證據的搜集，而是大量運用犯罪心理學，及對人性的深刻了解。例如在《五隻小豬之歌》中，白羅便是藉由聽取嫌疑犯訴說案情時所不自覺顯露的主觀意識及中心思想，而看出其中破綻，找出真凶。白羅是靠腦袋辦案，以心理層面去剖析案情，即使人們敘述的是同一件事，他可以聽出不同角色因出發點及看待角度不同所透露的情緒觀感，從而抽絲剝繭，還原事實真相。

克莉絲蒂所塑造的人物也生動且各具特色，不同個性所出現的情緒反應描寫，皆細膩而準確，讓讀者產生豐富的想像空間，一展卷便欲罷而不能。

吳曉樂（作家）

克莉絲蒂使用的語言平易近人，主要是以角色與情節的對應來斧鑿出故事的深度，堆疊出讓讀者回味的迂迴空間。而她筆下的角色往往性別、階級、性格、族群各異，塑造出多元又豐富的人物群像。

文學作品不問類型，若要流傳於世，最終仍得上溯至「人性」的理解與反思。而阿嘉莎．克莉絲蒂的作品中，我們可以看到人類屢屢得和自己的人生討價還價，或千方百計讓主觀意識與客觀條件達成某種程度的整合，讀者在重建人物的心理軌跡時，也見識到自身的是非成敗，我認為，這也是克莉絲蒂的作品能夠璀璨經年、暢銷不衰的主因。

許皓宜（心理學作家）

克莉絲蒂筆下的故事看似在談人性的醜惡，實則像一位披著小說家靈魂的心靈引導者，用她的文字訴說著人們得不到「愛」時的痛苦。於是在故事終了的剎那，你不得不對人生多了幾分「看透感」：原來，我們心裡的那些痛苦、報復與自我折磨的慾望，不是因為「憤恨」，而是起於對「愛的失落」。這或許是我們在情感世界中最珍貴且深刻的一種覺察了。

推理小說荒謬驚悚嗎？不，它其實很寫實。它幫我們說出心裡的苦、怨、醜陋的慾望，於是，我們可以重新學習愛了。

一頁華爾滋 Kristin（影評人）

從有記憶以來，閱讀克莉絲蒂最迷人之處往往不在真正的凶手是誰，而是在於「Why」（為什麼）與「How」（如何進行），在於人性與心理描摹的故事肌理。依循其書寫脈絡，會發覺不只是邏輯清晰、布局縝密、著重細節，她總能完美掌握敘事節奏，書中人物彷彿真實存在般鮮明躍然紙上，讀者情緒會隨精準文字保持流轉、跳動、收放，掩卷時並無太多真相水落石出的暢快，反倒淡淡的惆悵化為餘韻襲上心頭，原來還是種種意料之外，卻屬情理之中的人性盲目使然。私以為，那成就了克莉絲蒂的推理故事之所以無比迷人的主因之一。

冬陽（推理評論人）

雖然阿嘉莎．克莉絲蒂的作品並非我的推理閱讀啟蒙，卻是養成閱讀不輟的重要推手。首先，她無庸置疑是個說故事能手，打開我名為好奇的開關；其次是設計犯罪事件的巧妙多元，既日常又異常，凶手更是叫人意想不到。沒錯，我相信每個當讀者的都忍不住想破案，想早偵探一步識破詭計，或者像考試結束鈴響前一秒，瞎猜都要指著某個角色大喊「你就是犯人」！然後會忍不住作弊——不是翻到最後幾頁窺探真凶身分，而是往前翻查讓人起疑的段落、偵探顯然掌握重要線索的時刻，直到忍不住豎白旗投降，看神探（我知道啦，真正把我耍得團團轉的聰明人是作者）頭頭是道地分析我遺漏錯置的片片拼圖，終於看清真相全貌。這，就是偵探推理，我因此熟悉遊戲規則、沉醉在每一場迷人故事裡，成為這個類型書寫的俘虜，享受至今不疲的美好滋味。

石芳瑜（作家、永樂座書店店主）

布局細膩、處處留下線索，破案解說詳細，說明了這位安靜、害羞的推理小說女王心思縝密，且充滿想像力。密室殺人，完美犯罪，《東方快車謀殺案》不愧為古典推理小說的經典。再加上神祕的東方色彩，隨著火車抵達的迫切時間感，連非推理小說迷都會神經拉緊，讀完大呼過癮。

家庭主婦缺少人生經驗？處女座的阿嘉莎・克莉絲蒂充分展現她過人的寫作天分，靠得是從小開始的閱讀，以及對偵探小說的著迷。三十歲寫下第一本偵探小說《史岱爾莊謀殺案》的克莉絲蒂，在那個時代並不能說是「早慧」，但寫作生涯五十五年中，共創作了八十部偵探小說，卻令人難以企及。這位害羞靦腆的小說女神，大概是相信只要有足夠的理由，每個人都有殺人的可能！

余小芳（暨南大學推理研究社指導老師、台灣推理作家協會常務理事）

學生時代加入推理社團，社課指定讀物便是經典作品《一個都不留》，成為我對克莉絲蒂的初步印象，自此沉浸於推理小說的世界。隔年寒假陪同學參與轉學考，在斜風細雨的走廊中，滿足讀完《東方快車謀殺案》。隨著歲月遠走，已昇華成趣味回憶。

踏入推理文學領域需要認識的作家，阿嘉莎・克莉絲蒂絕對名列其中，她的作品常有英國小鎮風光、莊園式的謀殺、設備豪華的交通工具等，還有特色鮮明的偵探活躍其中。書中少有血腥、暴力的橋段，布局巧妙且結構嚴密，手法純粹、知性，故事內容與人物性格融為一體，以高超的想像力結合說好故事的能耐，為推理小說開創新局面。克莉絲蒂推理全集重編改版，值得新舊讀者一起探索。

林怡辰（國小教師、教育部閱讀推手）

多年後，還是難忘第一次閱讀阿嘉莎・克莉絲蒂作品的感動和激動。這套將近一世紀的作品，文筆流暢，邏輯縝密，過程中不斷與作者較量、猜出兇手，直到最後解答不禁佩服，蛛絲馬跡處處展現作者的精妙手法，於是又拿起另一部作品，再次沉溺在謀殺天后所編織的日常世界中的奇幻，無可自拔。犯罪動機和手法穿越時空限制，如今讀來合理且依舊令人感動，閱讀中趣味橫生，難怪成為後來諸多偵探小說的原型。

克莉絲蒂創作生涯中產出的八十部推理作品，至今多部躍上大銀幕，無怪乎被稱之為「經典」，喜愛推理偵探作品的人不可不讀，你會驚異於她在文字中施展的魔法！

張東君（推理評論家、科普作家）

我愛克莉絲蒂！這位在台灣有時會被稱為克奶奶的超級暢銷推理小說家，即使是自認沒讀過她的書的人，也都會在各種書籍或影視作品中看到對她致敬的片段。由於她喜歡旅行和冒險，那些經驗與體驗都成為書中的場景，因此閱讀她的作品時，不只是雀躍地跟著偵探推理，也有了虛擬的旅行體驗。或者當成旅遊導覽書，在出發去尼羅河、去英國鄉間、去搭船搭火車時，就塞一本克奶奶的作品到隨身背包中。

我還是大學新生時，就聽學姐說她哥哥經常看克奶奶的小說，而且邊看邊狂笑。於是我跟著效仿，在某次搭飛機之前買了第一本小說當旅伴，不只看得超開心，看完後還到處找尋書中出現的那種有兜帽的斗篷，當成出門時的必備用品。克奶奶的作品是跨越文字、國界的。只要看過一本，就會不停地追下去。還好，真的是還好只有八十本。何況這次是全新校訂的紀念珍藏版，當然不能錯過！

發光小魚（呂湘瑜）（文史作家、助理教授）

一部好的偵探小說，除了情節設計巧妙之外，還需要洞悉人性，如此方能合理地交代人物的言行舉止與動機。阿嘉莎．克莉絲蒂便是其中翹楚，她的作品不管是偵探、愛情小說或戲劇，必要元素都是謎題與人性。在寧靜無波的場景下暗潮洶湧，永遠都有意料之外，讀者的情緒也會隨著劇情的進行起伏糾結。克莉絲蒂觀察到時代的變化，將犯罪心理融入作品中，於是，看她的小說不只能得到解謎的快樂，同時對人性也能夠有所省思。

此外，克莉絲蒂豐富的人生歷練及旅行經歷，例如一九二二年的環球之旅、居住過也旅行過的巴黎和埃及，甚至是追隨考古學家丈夫前往的中東，都讓她的小說讀來更加充滿異國情調。如果你也愛旅行，不如就讓我們一同搭上那一班南法的藍色列車，或由伊斯坦堡出發的東方快車，跟著白羅鑽進一樁奇案，一嘗旅程中破解謎題的快感吧。

盧郁佳（作家）

國小時，家裡買了一套阿嘉莎．克莉絲蒂全集，從此成了我的毒品，在白癡課本將我的腦袋啃囓成海綿般空洞時，撫慰受創的心靈，那時我仍對人心險惡一無所知。

數學課教你列算式，樂趣遠不如克莉絲蒂教你住宅平面圖、偷換時序的密室魔術，你從庭園長窗進房間，我從房門直通鄰房，他從走廊進房……從而學會故事是建構邏輯。她文風多變，時而《四大天王》中讓神探白羅向助手海斯汀大賣關子，眉頭緊皺，山雨欲來，預示天翻地覆，只能靠他拯救世界；時而用維吉尼亞．吳爾芙《自己的房間》中俏皮的語言，讓貧苦村姑安妮在《褐衣男子》中回憶南非出生入死的冒險，竟源於她耽讀村裡圖書館爛舊的冒險愛情小說，還有戲院每週末放映〈帕米拉歷險記〉，帕米拉每集從飛機跳落高空、搭潛艇、爬上摩天大樓，每次被黑幫老大抓到總不一刀斃命，卻老要用瓦斯毒死她，暗示續集又會逃出生天。

長大才發現，克莉絲蒂小說就是我的〈帕米拉歷險記〉：它以歌劇般輝煌龐大的天真陰謀、精細的人際觀察（一句話重音放在哪個字、從膝蓋鑑定女人的年齡等），召喚年輕讀者抱持浪漫精神投入未知的壯遊，瘋魔、衝撞、冒犯，傷痕累累毫無懼色。正如瓦斯在冒險片中太多、現實中卻太少；陰謀在現實中沒有克莉絲蒂寫得那麼複雜，但她刻畫的心理卻是現實中解謎的試金石。

賴以威（臺灣師範大學電機系副教授）

或許可以為經典下幾個定義：該領域的愛好者更都讀過；不是這個領域的愛好者，許多人也都聽過；影響後續的作品，在很多著作中都可以看到它的影子；值得反覆再三閱讀，每隔一陣子再讀都可以獲得閱讀的樂趣，有更多的體悟。我永遠記得第一次讀《東方快車謀殺案》時，被那宛如嚴謹設計數學謎題的鋪陳、推進給深深吸引、震撼。從這幾個角度來說，克莉絲蒂的推理小說被稱之為「經典」，可說是當之無愧。

謝哲青（作家、旅行家、知名節目主持人）

克莉絲蒂小說的魅力在於透過每個角色的對白，藉由不斷的說話來表現人物的個性，以彰顯其人格特質中一些無法被忽略的事實。我們從他們的言語、講話的過程和字裡行間，竟然就能知道誰是兇手。

我從克莉絲蒂的小說學到很多，除了推理小說有趣的事實之外，最重要的是，我在工作的職場跟人應對的時候，如何從語言和對話裡去捕捉某些隱而不顯的事實。許多人們欲蓋彌彰的東西，無論心事也好、祕密也好，克莉絲蒂都會用文學的手法，讓你理解語言的奧妙和魅力。

克莉絲蒂的書寫會讓你覺得彷彿自己也在現場，你可以從聽到的對話當中，學會如何理解人心的一些小技巧，這是小說家最出色、最偉大的地方。我們必須學習傾聽別人說話——這些人講話是真誠的嗎？他想要跟你分享什麼資訊？這些資訊可靠嗎？——這是我在閱讀推理小說時，最大的收穫和理解。

阿嘉莎・克莉絲蒂大事記

1890		• 九月十五日出生於英格蘭德文郡托基鎮。
1894	4 歲	• 開始在家自學，父母親、姐姐教導閱讀、寫作、算術和彈鋼琴。
1895	5 歲	• 家中經濟走下坡，舉家搬至法國，學會流利的法語。
1905	15 歲	• 在巴黎寄宿學校學鋼琴和聲樂，但生性極度害羞，未成為職業鋼琴家，最終回到英國。
1907	17 歲	• 陪同母親前往埃及調養身體，對社交活動充滿興趣，但尚未對日後感興趣的埃及古物點燃熱情。 • 回英國後繼續寫作、參與業餘戲劇表演。
1908	18 歲	• 寫出第一篇短篇小說〈麗人之屋〉，同時也寫出第一部愛情小說《白雪黃漠》，以筆名向出版社投稿，但屢遭退稿。
1912	22 歲	• 與英國皇家軍官亞契・克莉絲蒂（Archibald Christie）熱戀。 • 八月爆發第一次世界大戰，亞契奉派到法國作戰。
1914	24 歲	• 耶誕夜結婚，亞契隨即返回戰場。克莉絲蒂參與紅十字會工作，在醫院擔任護士和藥劑師，因此對藥理和毒物非常熟悉，造就後來多部推理小說情節都以毒藥殺人。
1916	26 歲	• 開始嘗試寫推理小說，寫出第一部小說《史岱爾莊謀殺案》，主角偵探赫丘勒・白羅的靈感，來自於大戰期間英國鄉間的比利時難民營。本書歷經數家出版社退稿後，終獲柏德雷・海德（The Bodley Head）圖書公司的出版機會，之後並簽下另五本小說的合約。
1919	29 歲	• 前一年亞契返回英國，八月生下女兒露莎琳。

1920 30歲 • 出版《史岱爾莊謀殺案》。

1922 32歲 • 出版第二部小說《隱身魔鬼》，主角是夫妻檔偵探湯米和陶品絲。
• 與亞契至南非、澳洲、紐西蘭、夏威夷和加拿大等國旅行十個月，在南非得到《褐衣男子》的靈感。

1923 33歲 • 三月出版第三部小說《高爾夫球場命案》，白羅再度登場。

1926 36歲 • 四月母親過世，克莉絲蒂陷入憂鬱。
• 六月在「威廉・柯林斯父子出版社」出版《羅傑艾克洛命案》。
• 八月亞契因外遇提出離婚，十二月初一次爭吵後，克莉絲蒂離家棄車失蹤，消息登上全國新聞。

1927 37歲 • 一月在悲痛心情中寫出《藍色列車之謎》，第一次創造出聖瑪莉米德村，即後來瑪波小姐居住的村子。
• 分居期間在雜誌刊登以白羅為主角的短篇小說，後來集結出版《四大天王》。
• 十二月在雜誌刊登短篇小說〈週二夜間俱樂部〉，瑪波小姐初登場，後來收錄在一九三二年出版的短篇小說集《十三個難題》。

1928 38歲 • 十月正式離婚，仍保留「克莉絲蒂」姓氏。
• 秋天搭乘「東方快車」前往土耳其的伊斯坦堡，再轉往伊拉克首都巴格達，參觀考古現場烏爾，認識考古學家伍利夫婦（Leonard and Katharine Woolley）。

1930 40歲 • 二月應伍利夫婦之邀再訪烏爾，認識考古學家麥克斯・馬龍（Max Mallowan），九月於英國愛丁堡結婚。這段婚姻開啟克莉絲蒂旺盛的創作生涯，兩人到中東考古現場的旅行為許多作品帶來靈感。

- 婚後克莉絲蒂開始維持固定的寫作行程。十月出版《牧師公館謀殺案》，是第一部以瑪波小姐為主角的小說。
- 出版第一部以「瑪麗．魏斯麥珂特」（Mary Westmacott）為筆名的《撒旦的情歌》，並陸續發表了五部非犯罪小說。

1932　**42 歲**
- 出版《危機四伏》。

1934　**44 歲**
- 出版《東方快車謀殺案》，是白羅海外辦案三部曲之一，故事靈感來自中東的旅行經歷。一九七四年第一次改編成電影大獲好評。

1936　**46 歲**
- 出版《美索不達米亞驚魂》，白羅海外辦案三部曲之二。

1937　**47 歲**
- 出版《尼羅河謀殺案》，白羅海外辦案三部曲之三，故事背景是年輕時與母親同遊的埃及。一九七八年第一次改編成電影大受歡迎。

1939　**49 歲**
- 二次大戰期間，克莉絲蒂在大學學院醫院擔任義務藥師，學習到最新的毒藥知識，對於推理小說寫作大有助益。
- 出版《一個都不留》，是克莉絲蒂最著名作品之一。

1941　**51 歲**
- 出版《密碼》，呈現出克莉絲蒂對戰爭的看法。
- 出版《豔陽下的謀殺案》。

1942　**52 歲**
- 出版《藏書室的陌生人》、《五隻小豬之歌》等名作。

1944　**54 歲**
- 以「瑪麗．魏斯麥珂特」為筆名出版第三部作品《幸福假面》，被美國書評人發現是克莉絲蒂的作品，讓她從此失去匿名創作的自在樂趣。

1950　60 歲　• 獲選為皇家文學學會的會員。

1953　63 歲　• 出版《葬禮變奏曲》。

1956　66 歲　• 一月獲頒大英帝國爵級大十字勳章（GBE）。
• 十一月以「瑪麗．魏斯麥珂特」為筆名出版《愛的重量》，是這個筆名的最後一部作品。

1958　68 歲　• 成為「偵探作家俱樂部」主席。

1960　70 歲　• 馬龍獲頒大英帝國爵級大十字勳章。

1961　71 歲　• 獲得艾克塞特大學頒發榮譽文學博士學位。

1968　78 歲　• 馬龍獲封為爵士，克莉絲蒂亦被稱為馬龍爵士夫人。

1971　81 歲　• 獲頒大英帝國爵級司令勳章（DBE），獲封為女爵士。

1973　83 歲　• 出版最後一部創作《死亡暗道》，亦為湯米和陶品絲最後一次辦案。

1974　84 歲　• 最後一次公開露面，出席電影《東方快車謀殺案》首映會。

1975　85 歲　• 八月六日，白羅成為有史以來第一次在《紐約時報》頭版刊出訃聞的小說主角，宣傳九月即將出版的《謝幕》，這也是白羅最後一次辦案。

1976　86 歲　• 一月十二日去世。
• 十月出版《死亡不長眠》，瑪波小姐的最後一次辦案。

克莉絲蒂推理原著出版年表

1920　史岱爾莊謀殺案 The Mysterious Affair at Styles（神探白羅系列）
1922　隱身魔鬼 The Secret Adversary（神探湯米＆陶品絲系列）
1923　高爾夫球場命案 The Murder on the Links（神探白羅系列）
1924　白羅出擊 Poirot Investigates（神探白羅系列）
1924　褐衣男子 The Man in the Brown Suit（神探雷斯上校系列）
1925　煙囪的祕密 The Secret of Chimneys（神探巴鬥主任系列）
1926　羅傑艾克洛命案 The Murder of Roger Ackroyd（神探白羅系列）
1927　四大天王 The Big Four（神探白羅系列）
1928　藍色列車之謎 The Mystery of the Blue Train（神探白羅系列）
1929　七鐘面 The Seven Dials Mystery（神探巴鬥主任系列）
1929　鴛鴦神探 Partners in Crime（神探湯米＆陶品絲系列）
1930　牧師公館謀殺案 The Murder at the Vicarage（神探瑪波系列）
1930　謎樣的鬼豔先生 The Mysterious Mr. Quin（神探鬼豔先生系列）
1931　西塔佛祕案 The Sittaford Mystery
1932　十三個難題 The Thirteen Problems（神探瑪波系列）
1932　危機四伏 Peril at End House（神探白羅系列）
1933　十三人的晚宴 Lord Edgware Dies（神探白羅系列）
1933　死亡之犬 The Hound of Death
1934　三幕悲劇 Three Act Tragedy（神探白羅系列）
1934　李斯特岱奇案 The Listerdale Mystery
1934　帕克潘調查簿 Parker Pyne Investigates（神探帕克潘系列）
1934　東方快車謀殺案 Murder on the Orient Express（神探白羅系列）
1934　為什麼不找伊文斯？ Why Didn't They Ask Evans?
1935　謀殺在雲端 Death in the Clouds（神探白羅系列）
1936　ABC 謀殺案 The A.B.C. Murders（神探白羅系列）
1936　底牌 Cards on the Table（神探白羅系列）
1936　美索不達米亞驚魂 Murder in Mesopotamia（神探白羅系列）

1937 巴石立花園街謀殺案 Murder in the Mews（神探白羅系列）
1937 尼羅河謀殺案 Death on the Nile（神探白羅系列）
1937 死無對證 Dumb Witness（神探白羅系列）
1938 白羅的聖誕假期 Hercule Poirot's Christmas（神探白羅系列）
1938 死亡約會 Appointment with Death（神探白羅系列）
1939 一個都不留 And Then There Were None
1939 殺人不難 Murder Is Easy（神探巴鬥主任系列）
1940 一，二，縫好鞋釦 One, Two, Buckle My Shoe（神探白羅系列）
1940 絲柏的哀歌 Sad Cypress（神探白羅系列）
1941 密碼 N Or M?（神探湯米＆陶品絲系列）
1941 豔陽下的謀殺案 Evil Under the Sun（神探白羅系列）
1942 五隻小豬之歌 Five Little Pigs（神探白羅系列）
1942 藏書室的陌生人 The Body in the Library（神探瑪波系列）
1942 幕後黑手 The Moving Finger（神探瑪波系列）
1944 本末倒置 Towards Zero（神探巴鬥主任系列）
1944 死亡終有時 Death Comes as the End
1945 魂縈舊恨 Sparkling Cyanide（神探雷斯上校系列）
1946 池邊的幻影 The Hollow（神探白羅系列）
1947 赫丘勒的十二道任務 The Labours of Hercules（神探白羅系列）
1948 順水推舟 Taken at the Flood（神探白羅系列）
1949 畸屋 Crooked House
1950 謀殺啟事 A Murder Is Announced（神探瑪波系列）
1951 巴格達風雲 They Came to Baghdad
1952 殺手魔術 They Do It with Mirrors（神探瑪波系列）
1952 麥金堤太太之死 Mrs. McGinty's Dead（神探白羅系列）
1953 黑麥滿口袋 A Pocket Full of Rye（神探瑪波系列）
1953 葬禮變奏曲 After the Funeral（神探白羅系列）

1954 未知的旅途 Destination Unknown
1955 國際學舍謀殺案 Hickory, Dickory, Dock（神探白羅系列）
1956 弄假成真 Dead Man's Folly（神探白羅系列）
1957 殺人一瞬間 4:50 from Paddington（神探瑪波系列）
1958 無辜者的試煉 Ordeal by Innocence
1959 鴿群裡的貓 Cat Among the Pigeons（神探白羅系列）
1960 哪個聖誕布丁？ The Adventure of the Christmas Pudding（神探白羅系列）
1961 白馬酒館 The Pale Horse
1962 破鏡謀殺案 The Mirror Crack'd from Side to Side（神探瑪波系列）
1963 怪鐘 The Clocks（神探白羅系列）
1964 加勒比海疑雲 A Caribbean Mystery（神探瑪波系列）
1965 柏翠門旅館 At Bertram's Hotel（神探瑪波系列）
1966 第三個單身女郎 Third Girl（神探白羅系列）
1967 無盡的夜 Endless Night
1968 顫刺的預兆 By the Pricking of My Thumbs（神探湯米＆陶品絲系列）
1969 萬聖節派對 Hallowe'en Party（神探白羅系列）
1970 法蘭克福機場怪客 Passenger to Frankfurt
1971 復仇女神 Nemesis（神探瑪波系列）
1972 問大象去吧 Elephants Can Remember（神探白羅系列）
1973 死亡暗道 Postern of Fate（神探湯米＆陶品絲系列）
1974 白羅的初期探案 Poirot's Early Cases（神探白羅系列）
1975 謝幕 Curtain: Hercule Poirot's Last Case（神探白羅系列）
1976 死亡不長眠 Sleeping Murder（神探瑪波系列）
1979 瑪波小姐的完結篇 Miss Marple's Final Cases（神探瑪波系列）
1991 情牽波倫沙 Problem at Pollensa Bay
1997 殘光夜影 While the Light Lasts

國家圖書館出版品預行編目（CIP）資料

無盡的夜 / 阿嘉莎．克莉絲蒂（Agatha Christie）
著；郝彩虹、汪海泳、張錦、李杰譯. -- 二版.--
臺北市：遠流出版事業股份有限公司, 2024.10
面；　公分. -- (克莉絲蒂繁體中文版20週年紀
念珍藏；78)
譯自：Endless Night
ISBN 978-626-361-901-2(平裝)

873.57　　113012941

克莉絲蒂繁體中文版 20 週年紀念珍藏 78

無盡的夜

作者 / 阿嘉莎．克莉絲蒂
譯者 / 郝彩虹、汪海泳、張錦、李杰

主編 / 陳懿文、余式恕　校對 / 呂佳真
封面、內頁設計 / 謝佳穎　排版 / 連紫吟、曹任華
行銷企劃 / 舒意雯　出版一部總編輯暨總監 / 王明雪

發行人 / 王榮文
出版發行 / 遠流出版事業股份有限公司
地址 / 104005臺北市中山北路一段11號13樓
電話 / (02)2571-0297　傳真 / (02)2571-0197　郵撥 / 0189456-1
著作權顧問 / 蕭雄淋律師

2004年4月1日 初版一刷
2024年10月1日 二版一刷
定價 / 新臺幣380元 (缺頁或破損的書，請寄回更換)

ISBN 978-626-361-901-2

遠流博識網 http://www.ylib.com　E-mail: ylib@ylib.com
遠流粉絲團 https://www.facebook.com/ylibfans